**Na sou po
Geschichten aus Griechenland**

Na sou po
Geschichten aus Griechenland

Niko Papadakis

**Dieses Buch widme ich all denen,
die die griechische Seele empfinden
und verstehen.**

Grundidee / Lektorat und Titelbild:
Helga Papadakis

© 2012 Niko Papadakis
Herstellung und Verlag: Books on Demand GmbH, Norderstedt.
ISBN 9783842338869
Bibliografische Information der Deutschen Nationalbibliothek
Die Deutsche Nationalbibliothek verzeichnet diese Publikation in
der Deutschen Nationalbibliografie; detaillierte bibliografische
Daten sind im Internet über http://dnb.d-nb.de abrufbar.

Inhaltsverzeichnis :

** bereits veröffentlicht in „Verpasste Augenblicke" 2008

Vorwort

Der Grieche lebte und lebt ständig mit dem Wunsch nach Unabhängigkeit. Die Liebe zur Freiheit beflügelt seit Menschengedenken die griechische Seele. Wenn wir die minoische Kultur mit ihren beeindruckenden architektonischen Bauten auf Kreta betrachten, wenn wir die Belagerung von Troja verstehen wollen, wenn wir an die zahlreichen Expeditionen in der Vergangenheit denken, so wissen wir, dass die griechische Kultur nicht nur im Mittelmeerraum, in Kleinasien und Nordafrika, sondern weltweit verbreitet ist, dann bekommen wir eine vage Vorstellung von dem, was Hellas bedeutet.

Die Perser hatten es versucht und 150 Jahre vor Christi Geburt die Römer, die griechische Kultur wurde jedoch niemals für immer unterdrückt, im Gegenteil, sie unterwanderte massiv das römische Reich und besiegte alle Belagerer. Auch nach der Gründung des oströmischen Reiches in Konstantinopel war das Griechentum allgegenwärtig. Als dann das byzantinische Reich an die Osmanen fiel, war die griechische Sprache, die nationale Identität, die Religion das Erwachen aus einem vierhundertjährigen Halbschlaf.
Als sich dann die Griechen 1821 zur Gegenwehr erhoben, ging dieser Kampf bis weit nach 1919 weiter. Der Hellenismus ließ sich niemals unterkriegen.
Als gebürtiger Grieche habe ich dieses Gen mit der Geburt erhalten. So wie man behauptet, dass, wenn ein Italiener geboren wird, gleich danach eine Portion Parmesankäse heraus schlüpft, bei den Holländern ein Fahrrad und bei einem Schwaben die Gabe des Bruddelns, so ist dieses Gen in mir mit der Geburt vererbt worden.
Meine Frau, gebürtige Badenerin, im Herzen jedoch mit blauweißem Blut - und hier meine ich kein

Adelsgeschlecht, sondern die Farben der griechischen Flagge - hat ebenfalls dieses Gen.
Für den Sommer 2011 hatten wir uns vorgenommen, auf der Insel Thassos sowie in Thessaloniki und Umgebung das Land und die Menschen nicht mit dem in den vergangenen Jahren angeeigneten Urlaubsblick zu sehen, sondern in die griechische Seele zu blicken, in die Tiefen der Gefühle.
So und nicht anders haben wir die folgenden Geschichten erlebt, empfunden, gehört. So sind uns die Geschichten angetragen worden, so haben wir diese gefühlt. Einiges an Bauwerk ist erfunden, wir haben unsere Phantasie auf eine Zeitreise geschickt, der jeweilige Kern jedoch entspricht der Realität, und wenn die Personen in den einzelnen Geschichten bewusst verfremdet worden sind, sind sie doch real und fassbar.

-1- Die Sehnsucht

Manchmal sucht man die Einsamkeit und manchmal ist es die Einsamkeit, die einen entdeckt, enträtselt. Mit dem Begriff Einsamkeit verbinde ich nicht die Leere, das Alleinsein, ich meine eher die Ruhe, die Abgeschiedenheit, meine die Kraft, die in einem wächst und dann in das Gefühl der Zufriedenheit übergeht.

Unbewusst bogen wir auf Thassos in eine abgelegene Strasse und folgten einem Straßenschild, auf dem „Sotiras" zu lesen war. Irgendwo hatten wir mal gelesen, dass die Häuser des Dorfes einem so erscheinen, als wenn sie sich am Berg festkrallen wollten, so auch hier. Die engen Gassen erlaubten nur erschwert die Durchfahrt mit einem Auto. Als diese Gassen entstanden, war Gottlieb Daimler noch nicht geboren. Aus der Ferne, so schien es mir, konnte ich ganz leise eine Stimme vernehmen, wie seinerzeit der Hirte, dem der heilige Panteleimonas erschienen war.

Grillen sangen ihr Lied und der Wind spielte mit den Blättern einer Platane. Das leise Rauschen einer Quelle untermalte in Dur und Moll diese Melodie, dieses Summen, diese Vereinigung so vieler Elemente in einem. Als Krönung erklang zunächst der Klang einer Glocke, es folgte ein weiterer Glockenklang, bis das Ganze sich vervielfachte und zu einem Finale Grande vollendete. Wir erlebten, wie mehrere Ziegen die Straßenseite wechselten. Die Instrumente an ihren Hälsen verklangen, je weiter sie sich entfernten, bis schlussendlich nur noch ein Rascheln zu vernehmen war.

Der Schatten erfrischte uns. Jetzt war nur noch das Rauschen des Quellwassers zu hören, bis uns die Stimme des Wirtes Argiris aus dem Tagtraum holte. Er sprach mit zwei anderen Gästen der kleinen Taverne, die hier oben aus vier kleinen Tischen mit jeweils vier Stühlen bestand. Diese Gäste fragten ihn, ob er aus dem Dorf sei, er verneinte und erklärte, dass er vor einigen Jahren rein zufällig hierher kam und sich sofort heimisch fühlte. Er sei hier sehr glücklich und der Trubel und Lärm, der in den Küstendörfern zu finden sei, reizte ihn gar nicht. „ Hier lebe ich mit meinem Müßiggang. "

Ich bemerkte ein Flattern in seinen Augen, bemerkte eine befremdende Sehnsucht in ihm, und als er an unseren Tisch kam, um die Bestellung aufzunehmen, sagte ich ihm, dass ich an diesem Ort etwas Besonderes spüre und ob er mir sagen könne, was es sei. Er sah mir tief in die Augen. Kaum versah ich mich, umarmte er mich und sagte: „Bruder, jetzt weißt Du, warum ich hier sterben möchte."

Etwas verwirrt, ich wollte Argiris nicht in Verlegenheit bringen, ging mein Blick in die Ferne. „Wartet", sagte er, und als er nach wenigen Augenblicken mit drei Glas Tsipouro* und einem Teller voller Kichererbsen zurück kam, erzählte er uns von einem jungen Mann, dessen hochschwangere Frau durch einen Motorradunfall so verletzt wurde, dass bei der Notoperation lediglich das Kind gerettet werden konnte. Da er arbeitslos und ohne jegliche Hilfe das Kind nicht versorgen konnte, gab er es in die Obhut der Kirche. Eine besondere Körperschaft der griechisch-orthodoxen Kirche, die vom Metropoliten von Thessaloniki geleitet wurde, nahm sich des Kindes an. Argiris – ja, er war selbst dieser junge Mann - verließ die Kleinstadt auf dem Festland, um als Hilfsarbeiter bei der Olivenernte auf Thassos zu arbeiten, und schließlich landete er in Sotiras. „Hier bin ich glücklich, mein Bruder," meinte er und zeigte uns das Bild eines drei- oder vierjährigen Jungen, der in eine Kameralinse lächelte. „Das ist mein Leben", fuhr er fort und zeigte zum Dorfbrunnen. „Solange dort Wasser fließt, solange bleibe ich hier, und ich weiss, dass der Brunnen ewig fließen wird, weil es in den Bergen ständig regnet und die Quellen nie versiegen werden."

Nach dem dritten Glas Tsipouro, wir spürten, wie uns die Müdigkeit einschloss, sagte er, dass alles Geld, das er verdiente, für das Studium seines Sohnes vorgesehen sei. Wenn dann der Junge ein bekannter Arzt geworden sei, dann würde er vor ihn treten und nicht früher. Das Kind sollte bis dahin nichts von seiner Existenz erfahren. Es sollte frei aufwachsen können.

Als wir uns am späten Nachmittag verabschiedeten, lehnte er die Bezahlung der Verköstigung ab.

„ Wenn du mir was Gutes tun willst, mein Bruder, dann gehe ins Kloster des heiligen Panteleimonas und zünde eine Lambada* zum Wohle meines Sohnes an."

Wir verließen das Dorf mit der Erkenntnis, dass die Einsamkeit in uns allen steckt und diese uns auch sehr oft die Zufriedenheit beschert.

Als aus dem Docht der Lambada sehr langsam, fast in Zeitlupe, eine Flamme geboren wurde und diese Flamme heller und heller schien, empfanden wir die Liebe, die in Argiris wohnte, empfanden wir seinen „Kaimos*".

-2- Männer reden nicht viel

Als an einem Donnerstagabend des Jahres 2003 kurz nach 18.00 Uhr Efterpi Minou ihren Wäschesalon abschloss, war sie erstens froh, dass der zu Ende gehende Tag etwas lebhafter war als die letzten zuvor und zweitens, dass sie trotz des guten Kundenandrangs keine Arbeiten mit nach Hause nehmen musste. In Stoßzeiten nahm sie noch Heimarbeit für mindestens drei Stunden mit, die stets nach dem Abendessen in Angriff genommen wurde.
Sie betonte bei jeder sich bietenden Gelegenheit, wie stolz sie wäre, eine Frau zu sein. Frauen wären „Multitasking", da sie die Fähigkeit hätten, mehrere Tätigkeiten zur gleichen Zeit oder abwechselnd in kurzen Zeitabschnitten durchzuführen.
Nach dem Abendessen, sie genehmigte sich eine Halbliterflasche Retsinawein, wurde der Fernseher eingeschaltet und dabei all die Arbeiten durch-geführt, die sie aufgrund des Zeitmangels im Geschäft nicht erledigen konnte.
‚Wer jung ist, ist schön und wer alt ist, wird hässlich.' Diese Begriffe treten als synonyme Wortpaare auf. ‚Die biologische Uhr des Alterns führt zwangsläufig zur Hässlichkeit.' Diese Meinung ist in der Gesell-schaft weit verbreitet. Die Worte „Alter" und „Attraktivität" schließen sich aus. Die sichtbaren Spuren am Körper signalisieren den Alterungs-prozess.
Der Kult um die jugendliche Schönheit resultiert daraus, dass Schönheit die Chance darstellt, die Vergänglichkeit zu vergessen, während uns das Alter vergegenwärtigt, dass die jugendliche Schön-heit endlich ist.
Efterpi, Ende vierzig und 1,60 m groß hatte, wie sehr viele griechische Frauen, nur noch einen Hauch ihrer Mädchenschönheit behalten.
Das breite Becken hatte sie sich angegessen und die Polsterungen um die Hüfte verteilten sich gleich-

mäßig. Wie heißt es so schön: Ihre Ecken und Kanten waren runderneuert. Ihre Frisur, ein Déja-vu der Mode aus den 50ern, ließ ihr rundes Gesicht etwas jünger aussehen. Die markante Warze am Kinn wurde von einem kleinen Haarkranz gekrönt, wobei drei der borstigen Härchen exakt auf der Warzenmitte ihren Dienst taten. Ihre Tochter, selbst Mutter eines kleinen Mädchens, bekam langsam dieselbe Physiognomie, wobei man bei ihr die Warze vergeblich suchte. Efterpi wurde kurz nach der Geburt ihrer Tochter Witwe, als ihr Mann bei einem Jagdunfall ums Leben kam. Auf den Papieren, die sich heute noch im Archiv der Polizeidirektion Heraklion befinden, ist von einem Verdacht auf Tötung die Rede. Diesem Verdacht ist man jedoch nie nachgegangen. Tatsache jedoch ist, dass Efterpis Ehemann Sokrates von seinem Cousin Notis, der sich an einem Donnerstagabend auf die Lauer legte, hinterrücks mit einer abgesägten Schrotflinte niedergeschossen wurde. Sokrates hatte ein Verhältnis mit Notis' Schwester, die jedoch auch eine Affaire mit dem Polizeileutnant Harris hatte, und dieser besagte Harris stellte als „Wiedergutmachung" den Mord an Sokrates in den Polizeipapieren als einen Jagdunfall dar. Efterpi wusste genau, dass Sokrates ein notorischer Fremdgeher war. Tatsache jedoch war, dass sie bereits neunzehn Jahre alt war und die Chance, kurzfristig einen Mann zu bekommen, nicht gegeben war. Und so wurde ihr Sokrates von ihrem Vater bei einer Nacht- und Nebelaktion wie warmes Bier angeboten.
Sie musste ihn vier Wochen später heiraten. Bei seinem Tod war sie erst 22, und sie fasste den Entschluss, mit ihrem dreijährigen Kind ihre Heimat Kreta zu verlassen, um in der Nähe von Hannover ein neues Leben zu beginnen. Ein alter Schulfreund, Didimotichos, der bei VW arbeitete, beschaffte ihr einen Arbeitsplatz, den sie jedoch neun Monaten später wieder kündigte, um den Wasch- und

Bügelsalon zu eröffnen, den sie jetzt seit fast siebzehn Jahren betreibt. Das Startkapital hatte sie innerhalb eines Jahres abbezahlt. Das kleine Geschäft entwickelte sich zur Goldgrube. Als sie drei Jahre später zum ersten Mal wieder ihre Heimat besuchte, hatte sie sich auf Anraten ihres Zwillingsbruders Pashalis, der ihre Ersparnisse regelrecht riechen konnte, ein Grundstück gekauft. Hier sollte später ein kleines, schmuckes Hotel entstehen.

Efterpi schloss an diesem Donnerstag die Ladentür, als ihr Mobiltelefon läutete. Es war Ermioni, ihre beste Freundin. Ermioni hatte sich vor vierzehn Jahren scheiden lassen, da ihr Mann die Spielsucht nicht in den Griff bekam und sie beide in einem unendlichen Schuldenstrudel versanken. Am Pokertisch hatte er alles, was er besaß, verspielt, und als die Not sehr groß geworden war, schrieb er einen Schuldschein nach dem anderen aus und verschwand eines Tages spurlos. Ermioni hat seither nichts mehr von ihm gehört. Zwei Jahre später vernahm sie, er wäre nach Australien ausgewandert, man hätte ihn dort gesehen. Dann hörte sie weitere fünf Jahre später, er wäre irgendwo in Athen, eine Frau vom Nachbardorf hätte ihn dort erspäht. Für Ermioni war er inzwischen kein Thema mehr. Ihre Ehe, die beileibe keine Liebesheirat war, hatte man seinerzeit arrangiert und jetzt hatte sie nach so vielen Jahren mit ihrem jetzigen Leben ihren inneren Frieden gefunden.
Das, was sie für sich jedoch stets ablehnte, tat sie bei anderen bei jeder sich bietenden Gelegenheit am liebsten.
Sie glaubte, diejenige zu sein, die eine Frau und einen Mann zusammen bringen konnte. Ermioni war eine notorische Kupplerin. „Ich kann Menschen nicht alleine sehen", sagte sie stets, ob es einer hören wollte oder nicht.

Wenn man sie jedoch auf ihre eigene Person ansprach, betonte sie, dass „Glücklich geschieden" auch etwas besonderes sei.

Ermioni hatte an diesem Tag Besuch von Pavlos, einem alten Freund aus Griechenland, der sie besuchte. Dieser alte Freund, der früher einmal auch in Deutschland gearbeitet hatte, ließ sich seine Pensionsbezüge komplett auszahlen und lebte nur noch als Lebemann in Athen und Hannover. Zudem war er Ermonis „Befriediger". So nannte sie Pavlos Papadionissiou, wenn sie mit ihren Freundinnen über ihn sprach. Er war der geborene Phallus und der Mann, der sie eine Nacht durchbumste, damit sie für einen ganzen Monat bedient war.
Pavlos war in Begleitung von Dimi, einem anderen „Freund", der Ermioni in der Zeit besuchte, in der Pavlos nicht da war. Ermioni brauchte diesen Kick, brauchte diese Zuwendung, brauchte die Macht, Männern zu befehlen. Und sie meinte, die Zeit sei gekommen, um für Dimi eine passende Frau zu finden. Sie wusste genau, dass er, wenn sie ihn zu sich befahl, sich geschmeidig zeigen würde. Außerdem hatte er in letzter Zeit so komische Absichten und die sollte er doch mit jemand Anderem in die Tat umsetzen. Ermioni nahm sich also fest vor, eine passende Frau für ihn zu finden.
„Bist Du noch im Geschäft?" fragte Ermioni ihre Freundin.
„ Ich bin gerade dabei, den Laden zu schließen".
„Das trifft sich doch wunderbar", sagte ihre Bekannte.
„Was?"
„ Mach dich auf den Weg zu mir, bis Du kommst, ist der Kaffee fertig."
„Aber..." , war das einzige, was Efterpi noch erwidern konnte, als Ermioni ihr das Wort abschnitt.
„Muss jetzt Schluss machen, ich erwarte Dich."

Als wenige Minuten später die Wohnungstür von Ermioni im dritten Stock eines Apartmenthauses in der Ludwigstrasse geöffnet wurde, sahen sich Efterpi und Dimi zum ersten Mal. Sie knapp unter und er knapp über 50. Amors Blitz traf, und als sie sich eine Woche später zum ersten Mal allein verabredeten, wussten beide noch nicht, dass sie sehr viele Gemeinsamkeiten hatten. Dimi zum Beispiel wohnte zwei Jahre in der Parallelstrasse von Efterpis Waschsalon, und Efterpis Tochter besuchte dieselbe Schule wie Dimi´s Patentochter. Beide hatten Ermioni als enge Freundin, doch niemals hatten sie sich dort oder irgendwo anders in der Stadt getroffen.

Ermioni war sich sehr sicher, ins Schwarze getroffen zu haben. Keine zehn Monate später gab Dimi seine kleine Zweizimmerwohnung auf und zog zu Efterpi, die ein kleines Haus mit Garten am Rande der Stadt bewohnte. Da er selbst Frührentner war, konnten beide viel Zeit miteinander verbringen.
Efterpi hatte zwar in der Vergangenheit hin und wieder mal einen Herren zu Besuch, aber in den letzten 18 Jahren kein Verhältnis, das länger als einige Stunden dauerte. Bei Dimi jedoch hatte sie das Verlangen gespürt, nicht mehr allein sein zu wollen.
„Ise to Limani mou", sagte sie immer, was nichts anderes als: "Du bist mein Hafen" bedeutet.

Sie standen morgens gemeinsam auf, um gemeinsam in der Küche das Frühstück vorzubereiten, das aus jeweils einer trockenen Scheibe Brot, einem schwarzen Tee und grünen, ab und zu schwarzen Oliven bestand. An Sonntagen wurde griechischer Schafskäse statt Oliven gegessen. Sie ging dann ins Bad, schloss ab, weil sie beim Aus- bzw. Anziehen nicht beobachtet werden wollte. Danach war Dimi an der Reihe. Jeder ging dann seines Weges. Sie in ihr Geschäft, er in den Stadtgarten, da er es sich zur Pflicht gemacht hatte, täglich drei Stunden im Garten oder im Wald zu laufen. Wenn er mittags nach Hause kam, begannen die häuslichen Tätigkeiten, und wenn dann der frühe Abend bevorstand, wurde gemeinsam gekocht.

Eines Tages, sie hatten die schönste Liebesnacht ihres Lebens hinter sich, erzählte sie ihm von ihren großen Sorgen.
Die Liebesnacht hatte damit begonnen, dass sie zuerst ins Bad ging, um sich hübsch zu machen und dann ins Schlafzimmer, um sich auf das, was folgen sollte, vorzubereiten. Es musste absolute Dunkelheit herrschen. Sie legte sich auf seine Bettseite, behielt ihren Büstenhalter an und legte unter ihren Hintern ein flauschiges Handtuch. Dann durfte er ins Schlafzimmer. Das Ritual, sie hatte es ihm gleich beim ersten Zusammensein klar gemacht, bestand darin, dass er leise fragen musste:
„Wo ist mein Häschen?"
Sie würde zunächst nicht antworten, es würden einige Sekunden vergehen, bis er wieder fragen würde: „Wo ist mein Häschen?"
„Such doch Dein Häschen", würde sie antworten und er musste dann so tun, wie wenn er im Schrank, in der Kommode, unterm Bett suchen würde, bis seine Hand ihr nacktes Bein berühren durfte.
„Da ist ja mein Häschen".
„Du hast Dein Häschen gefunden", sagte sie dann.
„Was tust Du mit dem Häschen?"
Er würde dann das Liebesritual vollziehen.Er musste dann sofort von ihr lassen. Sie würde, um den Boden nicht zu bekleckern, mit einer Hand ihren Unterleib abdecken, ins Bad gehen. Sie würde sich gründlich waschen und danach einen ihrer Schlafanzüge anziehen, die sie vor fast zwanzig Jahren gekauft hatte, sich dann auf ihrer Seite des Bettes legen, warten, bis die Badprozedur von ihm ebenfalls bewältigt wurde, um dann mit einem:

„Gute Nacht, es war sehr schön" einzuschlafen.

Da sie streng gläubig war und keine Messe, die in der griechisch- orthodoxen Kirche abgehalten wurde, versäumte, hatte sie die Tage der körperlichen Liebe mit der Frau des Priesters abgesprochen.
„Denk daran", sagte die Gattin des Popen, „bewahre Deine Ehre."
„Du hast recht", erwiderte Ermioni, „er wird mich niemals nackt sehen, erst nach unserer Hochzeit."
„Das ist sehr wichtig."
„Ich halte mich daran."
„Und vergiss nicht, immer auf dem Rücken zu liegen. Es ist eine Schande und eine Sünde, den Mann anders zu empfangen. Frauen sind schließlich keine Tiere!"
„Ich werde mich daran halten."

Nach so einer Nacht erzählte sie ihm also, wie sie jahrelang von ihrem Bruder Michalis ausgenützt und ausgepresst wurde. Wie man ihr jede einzelne D-Mark und später jeden Euro abschwindelte, um entweder Spielschulden abzubauen oder ein weiteres Teilstück des Hotels zu erstellen.

Michalis und seine Frau Nopi hatten fünf Jahre in Deutschland gelebt und gearbeitet. Michalis, ein sehr guter Kfz- Mechaniker und Nopi, die in einer Lederfabrik gearbeitet hatte, hatten dank ihrer sehr sparsamen Lebensweise in diesen fünf Jahren ein kleines Vermögen erspart. Sie benötigten keine zwei Mark täglich, indem sie sich das Essen exakt rationierten. Montags wurden zwei Brote der Vorwoche gekauft, diese wurden für Frühstück, Mittagessen und Abendessen vorportioniert.
Die Bäcker wissen, dass beim Bräunungsvorgang eines frischen Brotes jene Genussaromen entstehen, die auch in der Lage sind, uns ein Lächeln auf das Gesicht zu zaubern. Denn diese Röstaromen, die nur in der warmen, frischen

Brotrinde wirksam sind, führen zu einer Aus-
schüttung von Glückshormonen im Gehirn.
Dieses wollten Michalis und Nopi vermeiden, denn
frisches Brot ist ruckzuck verspeist, was bedeutete,
dass ein weiteres gekauft werden musste. Dieses
jedoch würde wieder Geld kosten, und sowohl
Michalis als auch Nopi hatten sich vorgenommen,
exakt fünf Jahre in Deutschland zu arbeiten und
dann sich wieder in Griechenland niederzulassen.
Nopis Schwester, die des Schreibens nicht mächtig
war, hatte einmal die Idee geäußert, dass sie, wenn
sie einem Mähdrescher hätte, diesen an die Kleinbauern der Gegend, ach was der Gegend, des
ganzen Kreises, ja sogar an Kleinbauern in ganz
Griechenland vermieten würde.
Er war ein absolut sicherer Plan und so überzeugte
sie Michalis und Nopi, nach Griechenland zurück zu
kehren. Das Ersparte und die Auszahlung der
Rentenpensionsansprüche bildeten eine gesunde
Basis, diese Idee in die Tat umzusetzen. Innerhalb
eines Jahres war jedoch alles Schall und Rauch. Der
Mähdrescher war am Rosten, die Kleinbauern
behalfen sich anders, alles Geld war aufgebraucht
und Nopis Schwester, die inzwischen einen Nord-
griechen kennengelernt hatte, der sie drei Tage nach
dem Kennenlernen schwängerte, war unterwegs
nach Australien.
Michalis vergnügte sich- er sprach jedoch von einer
Bestrafung- also bestrafte er sich mit dem Glücks-
spiel.

Efterpi in Deutschland, Michalis in Griechenland, das
Grundstück auf Volos, somit war Michalis der absolut
richtige Verwalter und Bauleiter für das von Efterpi
geplante Hotel. Dank dem Fleiß von Efterpi und
ihrem sehr gut gehenden Geschäft war sie in der
Lage, Monat für Monat eine größere Summe
überweisen zu können. Da Michalis und Nopi eine
grundlegende Modernisierung der eigenen
Behausung als notwendiger erachteten, wurde

zunächst von dem Geld, das Efterpi schickte, das eigene Haus renoviert. Das Hotel könnte noch etwas warten. Laut Michalis musste er einige Sondervorschriften umgehen und das ginge nur unter kräftigen Schmiergeldzahlungen. Im Folgejahr, als Efterpi wieder einige Sommerwochen in Griechenland verbrachte, war vom Bau nicht allzu viel zu sehen. Michalis erklärte es mit den Worten, dass Volos ein von Erdbeben bedrohtes Gebiet sei und somit die Fundamente erneuert und verstärkt werden mussten, schließlich sollte es ein großes Hotel werden. Den VW- Bus vor dem Haus und das kleine Motorboot hatte Michalis nach eigenen Angaben sehr günstig und gebraucht von seinen letzten Ersparnissen gekauft.

Irgendwann im November diesen Jahres erhielt Efterpi einen Anruf. Die Trägerwände des Hotels wären so schwach, dass sie zum Teil abgerissen und neu erstellt werden müssten. Für ein 60- Betten-Hotel ein Muss!

Die Mehrkosten, die Efterpi aufbringen sollte, waren in Wahrheit für ein Appartement bestimmt, dass in Patras auf den Namen der Tochter von Michalis und Nopi abbezahlt wurde. Im darauffolgenden Sommer konnte Efterpi doch etwas präsentiert werden. Michalis erzählte stolz, dass er sogar mit einem bekannten Reiseunternehmen gesprochen hätte und der Inhaber großes Interesse gezeigt hätte.

„ Wir werden drei Jahre lang im Voraus ausgebucht sein", sagte er stolz.

„ Drei Jahre?"

„ Ich sage es doch, drei Jahre sind fest und weitere drei in Option. Du bist bald so reich, dass Du das ganze Dorf kaufen kannst."

„Wir werden es doch schaffen, oder?"

„Wir werden wie Könige leben", sagte er.

„Ich freue mich schon so darauf, meine Hände schmerzen jeden Tag und das bucklige Sitzen bekommt mir nicht mehr".

„Du wirst sehen", sagte er, „Du wirst nie wieder im Leben arbeiten."

„Meinst Du es ernst?"

„Glaub mir, die Leute vom Dorf werden Dir täglich die Füße küssen, weil Du etwas erreicht hast. Diese Bauern sind doch zu doof, ihren Hintern abzuwischen. Wir dagegen werden unsere Hintern in vergoldeten Sitzbecken waschen."

„Weißt Du", bekam Efterpi etwas Mut, „ich wollte immer wie im Märchen aus goldenen Tellern essen."

„Du wirst nicht nur aus goldenen Tellern essen, Du wirst dich in Gold einkleiden."

„Nein, nein, die Farbe wird mir nicht stehen".

„Was redest Du da für dummes Zeug. Wenn man reich ist, dann kann man das anziehen, was man will und alle werden dir schmeicheln."

Efterpi, leichtgläubig, schon an der Grenze zur Dummheit, unterschrieb an diesem Tag eine Generalvollmacht, die Michalis alles ermöglichte. Es war für Michalis und Nopi der Freifahrtschein zur Unsterblichkeit

Eine Grundstücksgesellschaft wurde gegründet und so wurde Efterpi zwar als Beiratsmitglied berufen, aber der alleinige Inhaber war Michalis. Nopi wurde zu seiner Stellvertreterin ernannt.

Als Efterpi mit ihrem Bericht zu Ende war, wuchs die Wut von Dimi ins Unermessliche.

„Warum hast Du dich nicht gewehrt?"

„Es ist doch mein Bruder".

„Gibt ihm diese Tatsache das Recht, Dich zu bestehlen?"

„Wir werden sicherlich eine Lösung finden, ich glaube ganz fest daran."

Als sie sich daran machte, aufzustehen, schaltete er das Licht ein.

„Ich möchte Deinen Hintern sehen", sagte er.

„Lass uns nicht sündigen", meinte sie, knipste das Licht aus und ging ins Bad. Als er kurz darauf aufstand, fand er die Badezimmertür verschlossen.

„Bitte lass mir meine Würde", sagte sie.

„Ich verstehe Dich nicht."

„ Wir sind nicht verheiratet."

„Was heißt das?"

„Dass wir nicht verheiratet sind."

Die Badezimmertür ging auf. Er stand nackt da, als sie, ohne ihn näher zu beachten, an ihm vorbei ins Schlafzimmer ging.

„ Es ist spät, morgen müssen wir früh aufstehen."

Es vergingen vier Monate. Der Sommer nahte und die beiden entschlossen sich, einen Griechenland-urlaub zu machen. Man wollte Michalis und Nopi überraschen. Diese Überraschung gelang. Als das Taxi vor das Haus fuhr und Efterpi mit Dimi ausstieg, war Nopi gerade dabei, im Hof die Blumen zu gießen.

Sie sah ihre Schwägerin erst einige Sekunden später, da Dimi dabei war, die Koffer aus dem Taxi auszuladen und ihr somit die Sicht versperrt war. Die Eigenschaft, sprachlos zu sein, kannte Nopi bis dahin noch nicht. Sie schnappte nach Luft wie ein Fisch, der auf einer Sanddüne gestrandet war.

Sie rief ihren Mann, der daraufhin kam und seine Schwester und ihren Begleiter aufs herzlichste begrüßte. „Willkommen, meine Herzkammer", sagte er, „willkommen in der Heimat, ist das nicht eine Überraschung?" Dann richtete er das Wort an seine Frau: „Nopi, steh nicht so rum, geh mach Kaffee, lass uns dieses Überraschung feiern."

Sie ging daraufhin auf Efterpi zu, küsste sie auf beide Wangen und reichte Dimi die Hand. „Unser Haus ist Euer Haus", sagte sie und machte eine einladende Geste.

Man setzte sich in den Hof, die Koffer waren noch auf dem Sandweg und die Sonne schickte ihre vierzig Grad erbarmungslos auf den Asphalt des Hofes. Dimi lenkte seinen Blick auf die gegenüber liegende Straßenseite und bemerkte eine dreistöckige Bauruine.

„Das ist Dein Palast", sagte Michalis und zeigte auf das, was man in Briefen wie Telefonaten „Hotel" nannte. Er berichtete, dass der Bau für einige Tage gestoppt wurde, da man sich mit ihr noch einmal beraten wollte, wie der Innenausbau aussehen sollte.

Nopi hatte den Kaffee serviert und Efterpis Augen wurden feucht von Enttäuschung und Wut.

„Du sagtest doch…" rang sie nach Worten, „Du sagtest, der Bau wäre viel weiter." Dimi streichelte ihr zärtlich über den Rücken.

Später, sie hatten sich im Zimmer von Michalis' Tochter eingerichtet, meinte Dimi, man sei jetzt in Griechenland und würde die Angelegenheit selber in die Hand nehmen.

„Ja mein Hase", sagte sie und küsste ihn auf die Stirn.

Am nächsten Tag, es war vor sieben Uhr, als beide fast gleichzeitig wach wurden, bemerkten sie, dass es im Haus sehr still war.

„Sie schlafen immer etwas länger", sagte Efterpi.

„Komm, lass uns sie überraschen. Du gehst zum Bäcker, er ist einfach die Straße weiter unten, und ich richte das Frühstück."

Als Dimi zurück kam, in der Hand eine Plastiktüte mit Brot und Brötchen, fand er Efterpi im Hof. Sie hatte Käse und Oliven in einer rosafarbenen Tupperschüssel nach draußen gebracht. Eine große Zwei-Literflasche Wasser stand ebenfalls auf dem Tisch.

„Lass uns noch etwas warten", sagte sie zu Dimi, „es ist ja ihr Zuhause."

Es vergingen einige Minuten des Schweigens. Man lauschte dem entfernten Rauschen des Meeres und in Dimi begann es zu brodeln. „Wäre Zeit, einen Kaffee zu trinken", meinte er. Nach weiteren zwanzig Minuten, die Gastgeber waren immer noch nicht erschienen, meinte Efterpi, dass man langsam mit dem Frühstück beginnen könnte. Sie wollte einen Kaffee aufsetzen. Wenn ihr Bruder und seine Frau aufstehen, könnte man ja gemeinsam noch eine Tasse trinken.

Dimi verschlang fast ein halbes Weißbrot mit Schafskäse. Er ließ sich rücklings auf den Stuhl fallen, die letzten Bissen noch kauend, und rülpste lauthals.

„Du kleines Ferkel", sagte sie.

„Wir sind hier in der Heimat", erwiderte er.

Inzwischen war es kurz nach halb neun, als Efterpi meinte, dass irgendetwas nicht stimmen könnte. Sie wolle an Michalis' Schlafzimmertür anklopfen. Augenblicke später hörte Dimi ihre Stimme: „Die sind nicht da!"

„Was heißt, nicht da", fragte er.

„Dass sie nicht im Schlafzimmer sind."

„Wo sind sie dann?"

„Weiss ich doch...," Das Klingeln des Telefons ließ sie schweigen. Sie nahm das Gespräch an, um nach drei „Ja´s" und einem „verstehe" wieder aufzulegen.

„Das war Michalis."

„Und?"

„Nopi und er mussten heute Nacht zurück nach Athen, es gibt da Komplikationen mit Smirnis Schwangerschaft." Smirni war die Tochter der beiden, die in Athen ein Nagelstudio leitete. Dieses Studio befand sich in der Einliegerwohnung eines Mietshauses im Stadtteil Agios Konstantinos.

„Wann kommen sie wieder?"

„Er sagte, er würde heute Nachmittag anrufen."

Der überraschende Abzug von Efterpis Bruder, es war nichts anderes als eine Flucht, ermöglichte es Efterpi und Dimi, einige ruhige Ferientage zu ver-bringen, die stets wie folgt abliefen: Sie schliefen die ganzen zwei Wochen im Kinderzimmer von Smirni. Efterpi stand kurz nach sieben auf, richtete im Hof den Frühstückstisch. Sie trug stets ein lichtdurch-lässiges Nachthemd, so dass ihre Brüste sowie der graue Slip sichtbar waren. Das störte sie nicht, wenn auch die Bauarbeiter auf dem Bau gegenüber sie morgens beim Herrichten des Frühstücks beäugten. Diese Bauarbeiter waren auf einmal wieder zahlreich erschienen. Vielleicht hat es sich rumgesprochen, dass die Geldgeberin anwesend war. Die Tatsache ihres etwas gewagten Aussehens beunruhigte sie nicht, sie war ja schließlich nicht auf der Strasse, sondern im Hof ihres Bruders, und das ist ja Privateigentum, schließlich hatte sie auch ihren Beschützer dabei, der stets nach draußen kam, wenn sie ihm ein: "Der Kaffee ist fertig", zurief. Er kam fortwährend mit nacktem Oberkörper und der gleichen knielangen Hose, mit der er auch angereist war.

Das Frühstück bestand aus Weißbrot, Käse und Oliven, und als der obligatorische Rülpser getan war, stand er auf, ging zurück in die Wohnung, um sich einige Minuten später mit einer Badehose bekleidet und einem Handtuch unterm Arm auf die braune Matratze zu legen, die unweit des Frühstücks-, Mittags- und Abendessentisches lag. Dort verbrachte er seine Zeit, bis sie in einem schwarzen Einteiler und einem weiteren Handtuch erschien.

Sie gingen zum nah gelegenen Strand. Da sie jedoch sehr wasserscheu war, begnügte sie sich damit, bis zum Bauchnabel ins Wasser zu gehen. Mit dem Handrücken strich sie sich dann zwei, drei Mal übers Gesicht, um sich dann sichtlich erschöpft auf das mitgebrachte Handtuch zu legen. Er dagegen schwamm hinaus in die offene See, um sich auf dem Rücken schwimmend der einen oder anderen barbusigen Touristin zu nähern und sich schließlich neben Efterpi auf sein Handtuch zu legen.

Die zwei Wochen vergingen. Michalis und Nopi erschienen nicht. Er hatte drei Mal angerufen und jedes Mal eine andere Erklärung für sein Fernbleiben gefunden. Dimi sagte ihm beim dritten Telefonat, dass Efterpi auf der Bank war und dort erfahren hatte, dass auf dem Treuhandkonto fast kein Geld mehr vorhanden war. Michalis rechtfertigte sich bei einer telefonischer Rückfrage damit, dass er viele Vorschüsse hätte leisten müssen und dass alles unter Kontrolle wäre.

„Na sou po*", fuhr er fort, und Efterpi legte den Hörer auf die Gabel.

Als sie am selben Nachmittag, im Schlepptau einen Notar, bei der Bank vorstellig wurde, erfuhr sie, dass der Bauplatz mit dem Rohbau zwangsversteigert werden sollte, wenn nicht innerhalb der nächsten 30 Tage eine Summe von knapp fünfzigtausend Euro bezahlt werden würde, damit die bisher entstandenen Kosten den Baufirmen erstattet werden könnten. Sie erfuhr weiter, dass die Treuhandfirma, die ihr Bruder leitete, aus dem amtlichen Register gelöscht wurde, und man legte ihr sehr ans Herz, den genannten Betrag aufzubringen.

„Die Ehre der Familienbande ist ausgestorben", sagte Efterpi, legte ihre Hand an Dimis Nacken und fuhr fort:

„I andres den milloun polli."*

-3- Die Offenbarung

An der Klostermauer des Klosters, das nach dem Erzengel Michael benannt wurde, suchte Lukas in den frühen Morgenstunden die Ruhe und Abgeschiedenheit. Lukas war kein regelmäßiger Kirchgänger. Als Werftarbeiter in Piräus besuchte er stets zu Ostern und Weihnachten die heilige Messe, ansonsten war der ewige Junggeselle, wie seine Freunde ihn nannten, damit beschäftigt, seiner Arbeit nachzugehen und alle zwei Monate seiner Familie auf Thassos einen ansehnlichen Betrag zu schicken. Seine Schwester Nefeli war schwer lungenkrank, und die kostspielige Behandlung in Thessaloniki schluckte einen beträchtlichen Teil des gesandten Geldes. Lukas besuchte jedes Jahr seine Insel. Inzwischen war er vierzig, und auf die Frage, wie es ihm ginge, antwortete er stets: „Sieh die Sonne, sieh das Meer, höre dem Wind zu und Du weißt, wie es in meinem Herzen aussieht."

An einem Tag Ende Juli, Lukas hatte sich entschlossen, die Nacht auf einem Felsen unterhalb der Klostermauer zu verbringen, um die ersten Sonnenstrahlen zu erleben, sah er zwischen einigen Olivenbäumen ein strahlendes Licht. Dieses Licht durchflutete kreisförmig die Umgebung und aus dem Schatten erschien eine Gestalt.

„Erschrecke nicht Lukas, ich will Dir nichts Böses". Die Gestalt stellte sich als Erzengel Michael vor. Lukas sah, wie das Licht immer näher kam, bis er durch den Strahl geblendet wurde.

„Lukas, Du bist auserwählt worden", sagte der Engel. „Innerhalb der nächsten Jahre werden Dir drei Wünsche erfüllt. An jedem 27. Juli, beginnend mit morgen, darfst Du einen Wunsch äußern. Du kannst auch einige Jahre überspringen, aber nach dem 27. Juli, an dem Du den letzten Wunsch ausgesprochen hast, wirst Du nur noch drei Tage leben. Denke stets daran", hörte Lukas noch die Stimme, und das helle Licht erlosch so plötzlich, wie es gekommen war. In diesem Moment stahl sich ein leichter Sonnenstrahl hervor und die Morgendämmerung brach an. Lukas wischte sich die Müdigkeit von den Augen, sagte sich, dass dieser Ort doch etwas Besonderes haben müsste, weil er so einen realen Traum noch nie erlebt hatte.

Im Laufe des Tages, er saß beim Mittagessen mit seinen Eltern und seiner Schwester, kam die Erinnerung auf und er fragte sich, welche drei Wünsche ein Mensch haben könnte, um indirekt damit sein eigenes Todesurteil auszusprechen. Aber als ihm seine Mutter knuspriges Ziegenfleisch auf dem Teller auftürmte, schwelgten seine Sinne wieder im Hier und Heute. An diesem Nachmittag erinnerte ihn der Vater, dass Nefeli in zwei Tagen wieder nach Thessaloniki zu den Untersuchungen ins Hospital gehen musste. Lukas sagte sich, ja das wäre ein Wunsch von mir, meine Schwester gesund zu sehen. Kaum zu Ende gedacht glaubte er, irgendwo weit weg leises Glockengeläut zu hören.

Der Tag seiner Abreise nach Athen kam immer näher. Seine Eltern begleiteten ihn bis zum Hafen in Thessaloniki. Nefeli, die zwei Tage zuvor gereist war, würde wieder mit ihnen zurück ins Dorf fahren. Man traf sich in einem Kafenion* unweit des Hospitals. Lukas sah seine Schwester zuerst, die mit flotten, ja schwebenden Schritten auf sie zukam. Noch von der anderen Straßenseite rief sie ihnen Worte zu, die bedingt durch den lauten Straßenlärm nur in Bruchstücken zu verstehen waren. Man verstand soviel, dass die Ärzte absolut zufrieden wären und wie durch ein Wunder ihre Krankheit einen positiven Verlauf genommen hätte und sie erst wieder in einem halben Jahr kommen müsste.

Lukas Mutter weinte laut und stieß einige Dankesworte an die Panagia* aus und sagte, dass ihre Gebete erhört worden seien. Lukas war sehr glücklich und fragte Nefeli, ob sie nicht die kleine Taverne am Dorfrand, die vor vielen, vielen Jahren seine Großeltern betrieben hatten, nicht wieder

eröffnen wollte. „Wir können doch unser Erspartes dazu verwenden, die Taverne zu renovieren".
Es vergingen zwei Jahre. Nefeli war inzwischen vollends gesundet,so dass man jetzt kaum noch an diese schlimme Zeit zurück dachte. Lukas hatte seine Traumerscheinung vergessen. Er wollte nicht darüber nachdenken, und dieses ‚sich nicht daran erinnern wollen' sollte den Schalter des Vergessens umkippen.
Die Taverne „Nefeli" war ein kleines Schmuckstück geworden. Lukas entschloss sich, wieder für immer auf die Insel zurück zu kommen, und auf der Proxenia* von Tante Katerina heiratete er Eleni, die ihm keine zwei Jahre später die kleine Dimitroula gebar. Lukas, inzwischen nahe der Fünfundvierzig, erlebte seinen ersten wahren Frühling. Es war ein 27. Juli, das wurde ihm viel später bewusst, als die Kleine, inzwischen zweieinhalb Jahre alt, beim Spielen ausrutschte, eine Böschung hinunter fiel und sich dabei so massive Verletzungen zuzog, dass der Arzt Dr. Michaelidis Eleni und Lukas nicht viel Hoffnung geben konnte.
„Wenn sie die Nacht überlebt, hat sie gute Chancen, sie hat sie sich sehr viele innere Blutungen zugezogen."
Das Krankenzimmer der kleinen Dimitroula war kahl. Außer den zwei Betten, die mit der Kopfseite an die Wand anstießen, standen ein klappriger Schrank und zwei alte Kommoden im Raum. Dimitroula lag apathisch in ihrem Bettchen. In der antiken Philosophie wurde Apathie im gemäßigten Sinn als Zurückdrängung und Beherrschung leidvoller und destruktiver Affekte verstanden. Lukas betete, dass sein kleiner Schatz nicht leiden solle.
Das Licht tanzte im Spiegel des Schrankes und Lukas glaubte den Schatten eines Engels zu erkennen. „Ja", sagte er sich, „ich würde bedenkenlos sterben wollen, wenn dieses Kind gerettet werden könnte".

Der Morgen kam und verdrängte die Schatten der Nacht, ein neuer Tag begrüßte die Welt, als ganz leise und doch wie ein Donnerhall das Wort : „Papa" zu vernehmen war. Er drehte sich um und sah leicht rosafarbene Wangen im Gesichtchen seiner Tochter. An diesem Nachmittag zündete Lukas in der Klosterkirche eine große Kerze mit einem Dankesgebet an den Erzengel an. Zwei Großmütter weiter hinten in der Kirche hörten ihn laut beten, verstanden nur Bruchstücke wie „Danke" und „zweiter Wunsch" und „ich werde niemals wieder zweifeln".

Die Wiedergeburt der kleinen Dimitroula wurde wenige Wochen später von der Nachricht des Todes von Elenis Vater überschattet. Die Monate, die folgten, waren in erster Linie davon geprägt, dass der Tod seines Schwiegervaters einen Kreislauf von Informationen und Neuigkeiten an den Tag brachte, die die ganze Familie erschütterten. Stavros hinterließ eine Unmenge von Schulden, allesamt überschrieben an Laurentis Kotsiras.

Der alte Kotsiras, dem schon das halbe Dorf gehörte, pflegte sehr gute Freundschaften zu den türkischen Besatzern, man schrieb das Jahr 1912. Er hatte in seinem Haus sogar Mohamad Ali, den damaligen Oberbefehlshaber, bewirtet und die kleine Taverne war ihm schon immer ein Dorn im Auge gewesen. Am Vorabend des 27. Juli besuchte er erneut Eleni und Lukas. „Ihr kennt das Gesetz", sagte er. „ Wenn die Schulden nicht zurück bezahlt werden können, fällt Euer gesamter Besitz an mich. Als Dank für meine Freundschaft zum großen Mohamad Ali werde ich ihm als Ehrerweisung Eure kleine Tochter zuweisen. In drei Tagen geht das Schiff nach Alexandria."

An diesem Abend stand Lukas um Mitternacht auf und stieg hinauf zum Kloster, dorthin, wo ihm vor über zehn Jahren der Engel erschienen war. Von der Echtheit dieser Erscheinung war er inzwischen felsenfest überzeugt. Er kniete an derselben Stelle nieder, von der aus sich, wie er sich noch genau erinnerte, das Licht kreisförmig verteilt hatte. „Lieber Gott", betete er, „lieber Erzengel, verschone meine Familie vor der Schande und nimm mich. Du hast vor zehn Jahren meiner Schwester ein erträgliches Leben geschenkt, Du hast meine Tochter ein zweites Mal zur Welt gebracht, bitte hilf jetzt meiner Eleni und meiner kleinen Dimitroula, lass bitte ein Wunder geschehen. Wenn ich beide gerettet weiß, kann ich stolz auf meine Abberufung warten".

Eine Lawine von Schüssen und Stimmen erschütterte die Erde. Feuer loderte auf und im Dorf schien alles in Aufruhr zu sein. Von seinem Posten aus sah Lukas zum Meer herab und erblickte eine große Flotte. Es war Admiral Pavlos Kountouriotis* mit seiner Armee, der die Ägypter und Türken von der Insel vertrieb. Alle Ortsvorsteher, darunter auch Kotsiras, wurden gejagt. Drei Tage nachdem Admiral Kountrouriotis die Insel eingenommen hatte, waren die meisten gefasst, nur wenige konnten sich in den Bergen verstecken. Eine unerträgliche Spannung beherrschte die Menschen. Am dritten Tag wurde die Haustür von Lukas gewaltsam geöffnet. Der bewaffnete Kotsiras, einer der wenigen, die noch gesucht wurden, schoss ohne Vorwarnung und traf Lukas, der nah an der Tür stand, in die Brust. „Ich bringe Euch alle in die Hölle", schrie der sichtlich verstörte Mann, und bevor er auf Eleni zielen konnte, wurde er von Soldaten, die ihn jagten, mit mehreren Pistolenschüssen niedergestreckt. Der von Pulvergeruch erfüllte Raum wurde von einem hellen Blitz erleuchtet. Eleni sah sich nach Lukas um, aber an der Stelle, an der sein lebloser Körper liegen sollte, sprudelte eine Wasserquelle aus dem Boden. Die Offenbarung begann.

4- Aponi Zoi*

Panos lebte mit seinen Eltern in der Nähe von Tübingen. Er galt als ein ewiger Student. Er begann mit einem Journalistenstudium, um dann doch Medizin zu studieren, das Fach, das seine Eltern schon bei seiner Einschulung für ihn ausgedacht hatten.

„Mein Sohn wird Medizin studieren", sagte Loula Papadopoulos, Panos' Mutter, als der kleine, noch schüchterne Dreikäsehoch mit seiner selbst gebastelten, mit Maikäfern beschmückten Schultüte im Schulhof den Worten des Rektors lauschte, der gerade die Erstklässler begrüßte. Mit einer großen Glocke in der Hand läutete er symbolisch die erste Unterrichtstunde ein. Die Kinder folgten dem jeweiligen Klassenlehrer in die Zimmer. Die Eltern konnten sich dann in der nächsten Stunde gegenseitig Ratschläge geben, die sie aus Erfahrung mit der Einschulung älterer Kinder oder vom Hörensagen wussten. Loula, Tochter von Apostolis Papadopoulos, einer jener niedergelassenen Ärzte, die hauptsächlich Griechen in seiner Praxis empfingen und als „Gelber- Urlaubsschein-Doktor" bekannt war, frohlockte, dass Panos mit großer Wahrscheinlichkeit, einmal die Praxis ihres Vaters übernehmen würde. Ihr Mann Thomas Papadopoulos war ein kleiner kaufmännischer Angestellter und hatte als Buchhalter nur Zahlen im Kopf. Ihr Panos jedoch sollte ein stolzer Erbe der Athener Ärztedynastie werden, Familien, die in jeder Generation mindestens einen Arzt hervorbrachten. Loula, deren Traum es war, auch einmal Medizin zu studieren, lernte Thomas bei einem Diskobesuch kennen. In derselben Nacht wurde Panos gezeugt. Es war der 14. Januar 1982. Kurz nach der Geburt des Kindes ereignete sich jedoch dieser schwere Unfall, der Loula an den Rollstuhl band und ihr den ganzen Mut und die Kraft raubte, zu studieren. Von dem Tag an war ihr ganzes Streben, ihren Sohn auf dieses Studium vorzubereiten. Thomas war nicht Loulas Traummann. Er war jedoch strebsam und fleißig und immer bemüht, seiner Familie alle Wünsche zu erfüllen.

Am Tag des Unfalls hörte für Thomas das Leben auf, als hätte es vorher nichts gegeben. Kegelclub und Skiausflüge waren nicht mehr angesagt, da er sich zu dem Entschluss durchgerungen hatte, nur noch für Loula da zu sein.

Nach seiner Arbeit, die er wie immer stets vorbildlich abwickelte, ging er einkaufen, kochte für die Familie und absolvierte alle Hausarbeiten, die Loula nicht mehr bewältigen konnte oder wollte.

Die Tatsache, dass Thomas sich um alles kümmerte, machte Loula noch einsamer und das Selbstmitleid wurde zu ihrem ständigen Begleiter.

Panos war im zweiten Semester seines Medizin-studiums, als er Susann kennen lernte. Sie arbeitete im neu eröffneten Café Moser in der Stuttgarter Innenstadt. Susann war fünf Jahre älter als Panos, doch der Altersunterschied, wenn auch nicht gewaltig, störte keinen der beiden. Susann hatte trotz ihrer fast dreißig Jahren keine nennenswerte Erfahrung mit Männern. Sie scheute Bekannt-schaften, da sie vor über 10 Jahren von einem Mann, der ihr bei einer Bushaltestelle auflauerte, brutal vergewaltigt worden war.

Es war ihre Bestimmung, an jenem Tag am falschen Ort und zur falschen Zeit gewesen zu sein.

Am falschen Ort und zur falschen Zeit irgendwo zu sein begleite Susann ihr ganzes Leben. Sie wurde in einer falschen Stadt und in einem falschen Jahr-hundert geboren. Sie liebte das Mittelalter, wo man als Mädchen aus gutem Hause den ganzen Tag vor dem Webstuhl verbrachte, um auf den Liebsten zu warten. Sie hatte den falschen Beruf, weil sie die falschen Schulen besucht hatte. Als Tochter von Karlheinz Buck und dessen zweiter Frau Isabel wurde sie zwei Jahre nach ihrem Bruder Ferdinand geboren. Sie war gerade achtzehn, als ihre Eltern eine große Erbschaft machten. So wie das Geld unerwartet kam, wurde es mit offenen Armen auch regelrecht verschleudert. Keiner wusste später, wo innerhalb eines Jahres 300 000 Mark geblieben waren. Klar war, dass Ferdinand einen sehr großen Teil davon versoffen hatte und klar war auch, dass ihr Vater Versicherungen abschloss, die niemand nachvollziehen konnte, eine Vollkaskoversicherung für ein Fahrzeug, das längst abgemeldet war und eine Zahnersatzversicherung für Karlheinz, der schon längst seine dritten Zähne hatte. Und neben der Tatsache, für eine kurze Zeit reich gewesen zu sein, blieb Susann nach dem dürftigen Schulabschluss nur die Möglichkeit, sich mit Hilfsarbeiten über Wasser zu halten.

Panos saß am kleinen Tisch gleich neben dem Eingang des Cafes.
„Was darf ich Ihnen bringen?"
„Cola mit Apfelsaft", sagte er.
„Wie bitte?"
„Ein Spezi bitte, jedoch Cola mit Apfelsaft."
Dieser kurze Dialog waren die ersten Worte, die beide austauschten.
Und oft reichen auch nur wenige Worte, um zu erkennen, ob der eine Mensch mit dem anderen Menschen harmoniert.

Am gleichen Abend besuchte Susann mit ihrer Freundin Marga ein Programmkino und anschließend eine Bar in der Innenstadt.
Ihr Blick traf sich mit dem von Panos, der zwei Hocker weiter ebenfalls an der Bar an einem Glas, dessen Inhalt sie sofort als Cola mit Apfelsaft erkannte, nippte. Sie sahen sich an und lächelten.
„Ein Göttergetränk", sagte Panos.

Susann musste verschämt grinsen. „Etwas gewöhnungsbedürftig", meinte sie. „Ich habe mir heute Nachmittag ein kleines Glas gemixt."
„Schmeckt es nicht köstlich?"
„Der eine mag Godard, der andere nicht", spielte sie auf den Film an, der an diesem Abend zu sehen war.

Susann traf sich in den nächsten Tagen öfters mit Panos, wobei es nie über kleine Zärtlichkeiten wie einen etwas längeren Händedruck oder ein verschmitztes Lächeln hinaus ging. Die Berührungen eines Mannes waren für sie nicht zu ertragen. In Panos Nähe spürte sie jedoch ein wohltuendes Gefühl. Die Erinnerungen an die damaligen Ereignisse waren immer noch allgegenwärtig. Immer noch erfassten sie Alpträume und immer noch erlebte sie es aufs Neue und es kam ihr vor, als wenn die Heftigkeit der Brutalität immer stärker von ihr Besitz nehmen würde.

An einem Abend, als Panos in der Bahnhofstrasse vor ihrem Haus anhielt und ihr einen Hauch von einem Kuss gab, zuckte sie zusammen und ließ ihn deutlich spüren, dass sie nicht dazu bereit war.
„Entschuldige."
„Ist ok", sagte Panos.
„Nein, ich möchte Dir…"
„Nein, ist ok, schlaf gut", schnitt er ihr das Wort ab und ging zurück zu seinem Fahrzeug. Sie schaute lange den Rücklichtern nach, wie sie immer kleiner wurden und dann nicht mehr zu sehen waren.
„Ich muss ihm es erzählen", sagte sie sich, um sich Mut zuzusprechen und gleichzeitig das Unmögliche möglich zu machen, mit jemandem nach so langer Zeit wieder darüber zu sprechen. Immer wieder erfassten sie Wachträume des damaligen Angriffs. Der Mann hatte ihr ein Tuch mit Betäubungsmittel auf Mund und Nase gedrückt. Als sie dann wieder zu sich kam, war sie benommen, aber doch so wach, um bemerken zu können, dass ihr linkes Bein und ihr linker Arm an eine Bank im Park gefesselt waren. Er

hatte ihr den Mund mit dicken Paketbändern
verklebt, so dass jeder Versuch zu schreien ein
leises Stöhnen war. Die Möglichkeit einer Gegenwehr war gering und die enorme Brutalität, mit der
er in sie eindrang, erschütterte ihren Körper. Ihr war
bewusst, dass es die letzten Atemzüge ihres Lebens
sein könnten. Er stank nach Alkohol und Schweiß
und sein geschwollenes Glied drang wie eine Axt in
sie.
„Bitte, bitte lieber Gott", hörte sie ihre Gedanken und
begriff , dass nicht einmal er, dessen Name sie nie
vorher im Leben aussprechen musste, ihr helfen
konnte. Sie spürte das Blut, das aus ihrer Scheide
floss und spürte den Schmerz, der immer intensiver
wurde, bis sie ihn nicht mehr wahrnahm, nichts mehr
bewusst erleben konnte. Sie entglitt in eine
Traumwelt und ließ es über sich ergehen, bis er von
ihr losließ. Schattenhaft erahnte sie Bewegungen
und hoffte, dass er bald verschwinden würde.
„Bitte, bitte lieber Gott", dachte sie weiter, „verzeih
mir, aber ich werde diesen Mann umbringen, koste
es mein Leben, dieses Schwein bringe ich um!"
Die Gedanken waren in Nebel umhüllt, schmerz-
erfüllte Gedanken, und sie sehnte sich danach, dass
es aufhört, dass jemand vorbei kommt, um sie zu
retten. Sie versuchte, den Peiniger wegzudenken,
sie hielt die Augen geschlossen, zählte bis zehn,
zwanzig, fünfzig und hoffte, danach wieder frei zu
sein. Sie zählte bis sechzig, bis siebzig, bis hundert,
öffnete kurz die Augen, um im selben Moment zu
sehen, wie der Mann ihr rechtes Bein nahm, noch
mehr spreizte und der darauf folgende Schmerz ihr
die Sinne und das Bewusstsein raubte.

Susann wurde drei Tage in ein künstliches Koma
versetzt. Bei der ersten Vernehmung mit der
Psychologin und Hauptkommissarin Erika Maier,
einer sehr athletisch wirkenden Mittvierzigerin, die
ihre langen dunkelblonden Haare schlicht und doch
sehr hübsch zu einem Pferdeschwanz gebunden

hatte, machte Susann, nachdem sie aus dem Koma
erwachte, einen sehr gefassten Eindruck.
„Wie fühlen Sie sich?"
Susann nickte wortlos.
„Mein Name ist Erika Maier, Kripo Stuttgart."
Susann nickte erneut.
„Verstehen Sie was ich sage, können Sie mich gut
hören?"
Susann nickte.
„Können Sie mich verstehen?"
„ Der Mann... der Mann..."
Zwei Tage später, Susann war gefasst genug, um
mit der Psychologin zu sprechen, berichtete sie,
dass sie auf dem Nachhauseweg überfallen worden
war. Sie berichtete, dass sie überwältigt wurde und
erst dann wieder zu sich kam, als der Mann in sie
eindrang. Die Worte kamen sprudelnd aus ihrem
Mund. Sie erzählte, dass sie versucht hatte, sich in
ein Niemandsland zu versetzen, da sie gefesselt war
und es machtlos über sich ergehen lassen musste.
„Hat er irgendetwas gesagt?"
„Ich kann mich nicht erinnern."
„Wie sah er aus, wie alt war er ungefähr?"
„Ich weiß es nicht!"

Erika Maier ging, nicht ohne Susann zu bitten, so
schwer und unerträglich es für sie auch sei, den
Abend und die Nacht noch einmal in allen Einzelheiten durchzugehen und vielleicht etwas, und sei
es auch nur eine Kleinigkeit, zu finden, was vielleicht
eine kleine Hilfe sein könnte, diese Bestie zu
erwischen. Susann erfuhr bei diesem Gespräch,
dass mehrere Frauen in der jüngsten Vergangenheit
brutal überfallen und vergewaltigt worden waren.
„Ich werde Sie morgen besuchen, wenn ich darf",
sagte Erika Maier und ließ Susann allein.
Mit jedem Tag, der verging, erhielt Susann eine
menschlichere Gesichtsfarbe. Die leblose, matte
Haut hatte wieder einen rosafarbenen Schimmer
bekommen

„Geht es Ihnen etwas besser?"

„Ich werde gut versorgt."

Frau Maier bat Susann, etwas über sich zu erzählen. Sie wollte das erlangte Vertrauen auf eine stabilere Basis setzen.

„Einfach was Sie über sich erzählen wollen, ich möchte Sie gerne etwas näher kennen lernen."

„Da gibt es nichts Weltbewegendes."

Und Susann erzählte, dass sie 1977 in Weimar geboren wurde und seit 1990 in Baden-Württemberg lebte. Zunächst war sie drei Jahre in Pforzheim und arbeitete als Zimmermädchen in einem Hotel. 1993 kam sie nach Stuttgart. Hier lebte eine Cousine und sie fand im Café Moser einen neuen Arbeitsplatz als Bedienung.

„Was können Sie mir über den Abend des 02. Oktober sagen?"

„Der Mann war nicht sehr groß und er sprach mit einem deutlichen fremdländischen Akzent."

„Können Sie sich an Einzelheiten erinnern?"

„Er roch sehr stark nach Alkohol."

„Kannten Sie den Mann?"

„Nein, bestimmt nicht."

„Was hat er gesagt?"

„Ich weiß es wirklich nicht mehr, er hat eher zu sich gesprochen als zu mir."

„Sie sagten, Sie sind erst wach geworden als er…"

„Ja, er hatte mich irgendwie betäubt oder ich bin ohnmächtig geworden, ich weiß es nicht."

„ Und dann kam das Bewusstsein zurück."

„Ja… und der Schmerz."

„Wollen Sie darüber sprechen?"

„Er schien zufrieden zu sein, kam es mir vor, er stand über mir und schaute zu mir herab. Er ergötzte sich an meinem jämmerlichen Zustand. Ich war mit jeweils einem Bein und einem Arm festgebunden. Er hat irgendetwas gesagt, was ich nicht deutlich verstand, es klang wie, Kyrie eleison*. Er hat dann wild um sich geschaut, wie wenn er etwas suchen, etwas vermissen würde und dann…."

Susann schrie auf.

„ Er hat irgendetwas aufgehoben und in mich gerammt... Was ist passiert? Was ist los mit mir?"

Erika Maier streichelte ihr über die schweiß-bedeckten Haare.

„Ist gut, es wird alles gut."

Sie verschwieg, dass der Mann ihr nach der Vergewaltigung einen Holzpflock in die Scheide gerammt und sie dabei so entsetzlich verletzt hatte.

„Können Sie sich an irgendwelche Wortfetzen erinnern?"

Sie verneinte.

Nach wenigen Sekunden meinte sie:

"Ich hatte lediglich den Eindruck, er würde beten."

„ Wie kommen Sie darauf, dass er gebetet hat?"

„Seine Haltung, sein Blick, der sich immer dem Himmel zuwandte."

„Und hat er dabei was gesagt?"

„Ich kann mich nicht erinnern, ich kann es einfach nicht."

‚Diese Ereignisse liegen sieben Jahre zurück', ermahnte sich Susann immer und immer wieder.'Ich muss endlich anfangen, dem Leben wieder eine Bedeutung zu geben'.

Drei Tage nach ihrem letzten Treffen trafen sich Susann und Panos auf dem Schlossplatz . Susann ergriff die Initiative. Sie setzten sich auf eine Parkbank vor dem Staatstheater und sie erzählte ihm ihre Geschichte nüchtern und emotionslos, wie wenn sie gerade eine Passage aus der Zeitung vorlesen würde.

Panos hörte interessiert zu, stellte keine Zwischenfragen und wartete, bis Susann diese grässliche Episode zu Ende erzählt hatte.

„Du bist nicht mehr allein. Ich bin bei Dir. Ich lasse es nie wieder zu, dass Dir jemand was tut," sagte er und sah ihr dabei tief in die Augen.

Sie wollte sich so sehr geborgen fühlen, aber sie schaffte es nicht. Sie war kein Burgfräulein vor einem Webstuhl, sie war nicht im Mittelalter. Sie war mitten in einer Großstadt im zwanzigsten Jahrhundert.

Sie war einer der einsamsten Menschen auf der Welt und Panos war die erste große Liebe ihres Lebens und sie spürte, wie sie auch geliebt wurde, und ausgerechnet jetzt kam diese Geschichte wieder hoch. Sie hörte Panos Stimme und die Worte drangen wie aus einem anderen Universum durch.

„Du bist nicht allein", wiederholte er.

Die beiden trafen sich in den folgenden Wochen fast täglich. Von Tag zu Tag wuchs das Vertrauen und Panos sagte Susann, dass er sich sehr freuen würde, wenn seine Eltern sie kennen lernen könnten.

„ Weißt Du", fuhr er fort „ meine Eltern sind in Griechenland geboren und pflegen mitteleuropäisches Gedankengut, was die Tradition betrifft, geistert diese in ihren Köpfen ständig umher."

Loula war zunächst nicht davon begeistert, eine Bekannte von Panos in ihrem Haus zu empfangen. Es war allerdings die erste Frau, die er mitbrachte und er war bereits Fünfundzwanzig. Ihr Argwohn wich und die Neugier nahm überhand. Als sie selbst fünfundzwanzig war, hatte sie bereits ein Kind. Schlussendlich meinte sie, dass es nicht schaden würde, wenn eine „Deutsche" etwas griechische Kultur einatmen könnte.

Der Sonntag vor Ostern wurde als Besuchstermin ausgewählt. Loula ermahnte ihren Mann, nichts oder nur sehr wenig über seinen langweiligen Beruf zu erzählen und hatte für diesen Tag Revani* gebacken.

Der Kaffeetisch war schön gedeckt, frische Blumen standen auf dem Tisch, als die Haustür geöffnet wurde und Susann mit Panos die Wohnung betrat. Loula kam mit ihren Rollstuhl näher, als Susanns Gesicht plötzlich starr vor Schreck erbleichte und sie die Pralinenschachtel, die sie in den Händen hielt, fallen ließ, sich umdrehte und fluchtartig die Wohnung verließ.

Verwirrt schauten sich Loula, Panos und Thomas an, und nur Thomas konnte die Situation richtig einordnen. In der Freundin seines Sohnes erkannte er eine der Frauen wieder, die er vor zehn Jahren so brutal überfallen hatte. Er, der von seiner Frau stets rumkommandiert und dauernd hin und her gehetzt wurde, hatte eine Phase in seinem Leben, die von grausamster Brutalität bestimmt wurde. Je mehr sie ihm seine Nichtigkeit vorwarf, desto mehr fand er Erlösung in Überfällen und Vergewaltigungen junger Frauen. Als er jedoch die fünfte Frau, es war Susann, überfiel und ihr einen Holzpflock in die Scheide rammte, sah er am Firmament ein Leuchten, sah ein Licht und er begriff, das er zum letzten Mal verwarnt wurde.

„Aponi Zoi"
Unbarmherziges Leben, du hast uns
an den Straßenrand geworfen
du hast uns ungerecht behandelt
Nicht einen Moment sagtest du,
du vertreibst uns die Tränen,
du hast uns gejagt.
Unsere Schande schwer, du hast uns arm geboren
mit dem Herzen verbittert, voller Sorgen
Unbarmherziges Leben, wir wollten nicht,
dass du uns Paläste und Sterne schenkst
Einen Bissen Brot hättest du uns
verwaisten Tauben, gönnen können.
(Sinngemäße Übersetzung „Aponi Zoi" von Lefteris Papadopoulos)

-5- Seele und Körper

In der Rangordnung der schönen Frauen würde Tina sehr weit vorne landen, darüber waren sich alle Mitarbeiter der Taverne Helios einig. Sie war sehr groß gewachsen, hatte wunderschöne dunkelblonde, ins rötliche übergehende Haare, eine Figur, die aus einem Modemagazin entnommen war und Brüste, die zeigten, wo das Leben pulsierte. Sie hatte sehr jung geheiratet und aus der Ehe blieben ihr neben massiven Spielschulden ihres Ex-Gatten noch Kassandra, ihre inzwischen neunzehnjährige Tochter. Tina hatte sich in den letzten Wochen mit Nektarios angefreundet, er war Aushilfskellner und sie fand ihn gleich von seinem ersten Arbeitstag an sehr sympathisch. Es dauerte vier Wochen, bis sie sich an einem Montag, an dem sie frei hatten, verabredeten, nach Kalamaria zu einem stadt-bekannten Szenelokal zu fahren. Sie bat ihn, sie von zuhause abzuholen. Es war knapp sechzehn Uhr. Sie begrüßte ihn mit einem kleinen Kuss auf die Wange und überfiel ihn gleich mit ihrer brutalen Direktheit.
„ Ich möchte gleich von Anfang an ehrlich zu Dir sein", sagte sie. „Du bist ein netter Kerl, aber ich kann für Dich nichts anderes als kollegiale Freund-schaft empfinden."
„Das sind klare Worte", sagte er.
„Ich bin sehr direkt, das weiss ich", erwiderte sie.
„Im Klartext?" fragte er.
„Es gibt zwei Möglichkeiten", antwortete sie, „entweder gehen wir gemeinsam einen Kaffee trinken und unterhalten uns ein wenig, oder ich möchte mich bedanken, dass Du gekommen bist und Du gehst wieder."
Jetzt stand sie da, die mit Abstand tollste Frau, mit der er in den letzten zehn Jahren eine Verabredung hatte, und sie sagte ihm ins Gesicht, dass er nicht ihr

„Typ" wäre, sie würde ihm jedoch eine Stunde gönnen, um einen Kaffee mit ihr zu genießen.

„Du bist eine tolle Frau", sagte er.

„Danke".

„Wäre es dann nicht besser, wir sagen uns hier tschüss, sonst verliebst Du Dich noch in mich und dann hättest Du ein Problem."

Sie lachte lauthals.

„Wie oft ist es Dir passiert?"

„Was?"

„Dass Frauen sich spontan unsterblich in Dich verliebt haben?"

„Diese Woche nur drei Mal."

„Du bist ein selten netter Spinner".

„Ja", sagte er, „ man muss Niederlagen zu Erfolgen erklären."

„Niederlagen?"

„Ja. Komm, wir kennen uns keine vier Wochen, unterhalten uns jetzt fünf Minuten und Du sagst, ich könnte wieder abhauen, da ich nicht Dein Typ wäre, und Du verstehst nicht, warum ich von Niederlage spreche."

„Darf ich Dich trotzdem zum Kaffee einladen," sagte sie daraufhin.

„Ich lass mich nicht bestechen."

„Es wäre mir ein Vergnügen, mit Dir einen Kaffee zu trinken", fuhr sie fort. Es wurde ein wirklich schöner Nachmittag, der sich bis zum Abend ausdehnte. Tina erzählte ihm ihre Geschichte, von dem Mann, den sie mit neunzehn geheiratet hatte, der sie, als sie zwanzig war, verlassen hatte - die gemeinsame Tochter war gerade zwei Monate alt - und der nach sieben Jahren auf einmal wieder vor der Tür stand, als wäre er kurz Zigaretten holen gegangen und hätte einen Kumpel getroffen und mit ihm noch ein Bier getrunken. Sie erzählte dann, dass sie ihn rausgeschmissen hatte und er sich daraufhin vom vierten Stock des Hauses direkt vor ihrem Garten herunterstürzte und sofort tot war.

Drei Jahre später lernte sie ihren zweiten Mann
kennen, der sie an ihrem dritten Hochzeitstag mit
ihrer besten Freundin betrogen hatte. Sie erzählte,
wie sie nach Hause kam und die beiden vorfand und
von da an beschloss, Männern nichts mehr zu
glauben.
Als Nektarios Tina wieder vor ihrer Wohnung
absetzte, wünschte er ihr alles Gute und ging mit der
Gewissheit, dass ihre Seele mit der seinen keinen
Einklang finden würde.

In meinem letzten Leben war ich soweit
dich zu lieben, dich zu fühlen, dich zu finden
Und danach hast du mich verurteilt,
dich bis zum nächsten Leben zu lieben
Daher wurde auch ich neu geboren
was hat es von hier an für einen Sinn,
ob du es sein wirst, der meine Träume bestimmt,
oder ob es das getrennte Schicksal jedes Einzelnen
sein wird

Seelen und Körper gehen in der Zeit umher,
wechseln die Namen und ....
(Originaltext Haroula Alexiou)

-6- Liebe und Sünde

Kiki Stamataki war ihr Leben lang wie eine Wunder-
tüte. Durch ihre herzerfrischende Offenheit
begeisterte sie jeden. Hier waren sich Männlein wie
Weiblein einig. Kiki war die beste Freundin, der gute
Kumpel, der Beichtvater. Sie arbeitete in der
Poolbar des Dionysos Hotels, und an einem
besonders warmen Nachmittag, auf dem Thermo-
meter standen 36 Grad, wir fühlten jedoch knappe
50 Grad, fragte sie uns über das Leben in Deutschland aus und wie es zur Zeit mit der wirtschaftlichen
Lage aussieht, und im Laufe dieses Nachmittags ließ
sie uns an ihrem Seelenleben teilhaben. Kiki hatte es
im Leben trotz ihrer Unbeschwertheit nicht immer
leicht. Niemals würde sie auf die Idee kommen, ein
Glas als halb leer zu betrachten. Kiki genoss alles in
vollen Zügen.
Sie machte uns zwei Frappe* und für sich einen
dreifachen griechischen Mokka, den sie die nächste
halbe Stunde genüsslich trank und dabei drei oder
vier Zigaretten rauchte. Kiki erzählte uns innerhalb
von eineinhalb Stunden ihre Lebensgeschichte und
wie sie dazu kam, sechs Ehen einzugehen.
Den ersten Mann lernte sie auf Korfu kennen. Es
war Franz aus Kaiserslautern. Sie ruhte sich nach
einem Besuch auf der alten Festung aus, um bei
einem erfrischenden Getränk sich einen Blick über
die Garitsa-Bucht zu gönnen. Ein Mann sprach sie
an: „Wunderschöne Aussicht, was meinen Sie?"
Sie war verlegen.
Dann folgte ein längerer Dialog über seinen ersten
Griechenlandurlaub, über die vielen Engländer in der
Hotelanlage und den Lärm in der Nacht. Dann
erzählte er, dass er drei Monate in Korfu bleiben
wollte.
Vierzehn Tage später erhielt er ein Fax von seinem
Vater und er musste unbedingt zurück . Sie hatten
eine Schreinerei, die sich auf die Restaurierung alter
Möbel spezialisiert hatte und es gab großen Ärger

mit dem Hauptkunden. Franz musste wieder heim-
kehren und fragte Kiki, ob sie ihn begleiten würde.
Die letzten Tage waren sie unzertrennlich geworden
und beide fühlten die Antwort zu dem Lied „ Ti ine
afto pou to lene agapi?"* Sie lehnte ab, wollte ihren
Job, den sie vor nicht einmal vier Monaten ange-
treten hatte, nicht einfach aufgeben. Der Abschied
war sehr tränenreich, und keine vier Wochen später
folgte sie ihm. Die Macht des Herzens war stärker.
Sie bewohnten eine schöne Drei- Zimmer- Wohnung
in der Innenstadt, drei Monate später hatte sie auch
einen Job, aber es ergab sich so wie oft im Leben.
Zwei Jahre später ließen sie sich scheiden. Sie hatte
sich nicht in Deutschland einleben können.

Den zweiten Ehemann lernte sie knapp drei Monate,
nachdem sie wieder in Griechenland war, in einer
Pizzeria in Patras kennen. Dort fand sie mit Hilfe
einer Cousine einen Arbeitsplatz bei der Stadt-
verwaltung. Sie saßen am selben Tisch und das
Gespräch begann damit, dass sie festgestellt hatten,
dass der Eine die Pizza des Anderen erhalten und
bereits zu einem Großteil verspeist hatte. Als das
Lokal schloss, folgte sie ihm noch in seine Wohnung.
Sie unterhielten sich bis in den Morgen, und als er
zum Bäcker ging, hatte sie bereits den Kaffee frisch
gekocht. In dieser Nacht passierte nichts und als sie
sich zwei Tage später wieder trafen, da nahm er sie
in die Arme und küsste sie leidenschaftlich. Kikis
zweite Ehe dauerte drei Jahre. Argiris war zehn
Jahre älter und somit der ruhende Pol in der
Beziehung, und Kiki brauchte dieses. Die Ehe
endete durch einen Autounfall. Argiris wurde die
Vorfahrt genommen und er erlag noch am Unfallort
seinen Verletzungen.

Die dritte Ehe, die erste, die sie auch kirchlich
einging, schloss sie mit Dimitri. Er war ein Kumpel
aus der Schulzeit, der zur rechten Zeit am rechten
Ort war. Er rief sie an, weil er einen anderen

Schulfreund suchte. Von ihren Großeltern auf Thassos erfuhr er ihre Telefonnummer und er hoffte, über Kiki den Wohnort dieses Freundes zu erfahren. Dimitri, streng orthodox erzogen, musste viele Unannehmlichkeiten seiner Familie über sich ergehen lassen, sie wäre ja schon zwei Mal verheiratet gewesen und keine Jungfrau mehr, hätte eine Zeitlang im Ausland gelebt und bestimmt neumodische Flausen im Kopf. Schließlich willigten seine Eltern ein. So richtig verliebt war sie nicht, aber in dieser Zeit suchte sie einfach Geborgenheit und Schutz.

Sie lebten drei Jahre zusammen, als Dimitri beschloss, Pope zu werden. Von einem Tag auf den anderen stellte er sie vor vollendete Tatsachen. Bis die Scheidung rechtskräftig wurde, vergingen weitere zwei Jahre.

In dieser Zeit lernte sie Nikiforos kennen. Kiki besuchte ein Selbstfindungsseminar und Nikiforos war einer der wenigen Männer, die daran teil-nahmen.

Nur wer klar erkennt, wer er ist, kann erfüllende Freundschaften eingehen. Und nur, wer eine klare Vorstellung von sich selbst hat, kann seinen Weg planen. Nikiforos war der Typ ‚Macho der Neuzeit' mit täglich 10-15 Espresso und mindestens zwei Schachteln Zigaretten. Nikiforos und sie heirateten zwei Wochen nach der dritten Ehescheidung. In dieser Zeit hatte sie unbeschwert gelebt. Er war der Kumpel und Vater, der Freund und Liebhaber. Am 14ten jeden Monats schenkte er ihr Blumen und eine Tafel Schokolade zur Erinnerung an den Tag, an dem sie sich das erste Mal gesehen hatten. Der Krebs kannte jedoch kein Erbarmen und Nikiforos nahm sich keine zehn Tage, nachdem man bei ihm die Krankheit diagnostiziert hatte, das Leben.

Pyrros, ihren fünften Ehemann, lernte sie im Bus nach Athen kennen. Als er ihr seinen Namen zum ersten Mal sagte und sie ihn danach fragte, sagte er, dass Pyrrus ein König der Illyrer in Epirus gewesen war und dass in Albanien dieser Name sehr beliebt wäre. Er legte aber großen Wert darauf, dass er keinerlei albanisches Blut hätte. Sein Stammbaum sei älter als der von Kolokotronis*. Er hatte auf seinem Schoß sein Laptop und diverse Zeichnungen ausgebreitet, die er als Architekt benötigte. Sie wollte ein Buch lesen, doch der Platz war sehr beengt. Weder sie noch er konnten sich auf die jeweilige Arbeit konzentrieren, bis sie ihn bei einer der vielen Kaffeepausen ansprach. In Athen angekommen fragte er sie, ob sie hier wohne oder zurück nach Edessa fahren würde, und als sie ihm sagte, dass sie in zwei Tagen wieder zurück müsse, meinte er, man könnte sich doch nächstes Wochenende zum Abendessen treffen. Dieses Treffen war der Beginn einer siebenjährigen Beziehung, bis er in einem Bus oder vielleicht auch in einem Flugzeug eine andere Frau, die fünfzehn Jahre jünger als Kiki war, kennenlernte.

Ihre sechste Ehe schloss sie mit einem Grundschullehrer, der auch Meditationsübungen nach der Lehre Bhagwans unterrichtete. Während einer Übung berührte er sie leicht an der Schulter und sie spürte ein Muss, ein Bedürfnis, sie spürte ihr Herz. Als man beschloss, zu heiraten, sollte es für immer sein , und dieses immer dauerte immerhin fünf Jahre. Warum und wieso die Ehe endete, wollte uns Kiki nicht sagen.

Während unseres restlichen Urlaubs sahen wir Kiki nur noch zwei Mal. Im Hinterkopf ist uns ihr Lieblingslied noch sehr gut in Erinnerung geblieben:

*„An ine i agapi amartia"**

Sie haben nicht das Recht,
mir von dir zu erzählen
mir meine Brust zu verbrennen
Dass ich laufe wie verrückt um dich zu finden
dass ich schmelze, dass ich mich sehne

Wenn die Liebe ein Sünde ist,
werde ich raus gehen um es mit Vergötterung zu
rufen
Ich werde raus gehen um es zu rufen um es zu
sagen,
dass ich eine Sünderin bin, wo ich dich liebe
Ich werde raus gehen um es zu rufen um es zu
sagen, dass ich eine Sünderin bin, wo ich dich liebe
Sie haben nicht das Recht,
mich zu verachten
sobald sie mich mit dir sehen
sollen sie sagen, dass ich eine Sünderin bin
wo ich schmelze mit deinem Kuss
Wenn die Liebe ein Sünde ist...
(Originaltext Ilias Limperopoulos)

-7- Filet Mignon

Wenn man die wunderbare deutsche Sprache
analysiert, die zum westlichen Zweig der
germanischen Sprachen gehört, dann weiss man,
dass der liebe Gott doch nicht so vieles falsch
gemacht hat. Er gab der Blume den schönen Namen
„Blume", er gab dem Himmel den schönen Namen
„Himmel" und dem Regenbogen den schönen
Namen „ Regenbogen". Alles ist schön anzuschauen
und auch akkustisch sind diese Worte nicht
unbedingt als Störgeräusche zu empfinden.
Andere Beispiele belegen jedoch, dass nicht nur
schöne Worte für schöne Dinge verwendet werden
sondern auch hässliche Worte für Hässliches.
Betrachten wir hier die Worte Cholera oder Lepra
oder vor allem eines, wenn nicht das grässlichste
aller grässlichen Wörter: Käse.
Lasst uns das Wort genüsslich aussprechen:
Kääääse. Meine Familie und alle, die zu meinen
Freunden zählen wissen, dass allein die Aussprache
dieses Wortes in mir eine Schüttellähmung ver-
ursacht.
Käseliebhaber, die soll es auch geben, sind bei mir
der Kategorie von Nasenbohrern und Toiletten-
vollscheißern –ohne-zu-spülen gleichgestellt. Sie
essen Frischkäse, Weichkäse, Sauermilchkäse,
Schnittkäse und Hartkäse. Ein wirklich guter Freund
erklärte mir, dass die Sorten nach dem Wasser-
gehalt eingestuft werden. Mir ist es so einerlei wie
nichts, wie dieses ekelhafte Produkt betitelt wird. In
unseren Breitengraden gilt nach Meinung einiger, die
sicherlich immer noch glauben, dass die Erde eine
Scheibe wäre, der Käse als Grundnahrungsmittel.
Bekanntlich scheinen uns die Afrikaner und Asiaten
geistig um Jahrhunderte voraus zu eilen, denn dort
ist dieses Produkt weniger beliebt. Nicht zu vergessen ist die Tatsache, dass die Chinesen den
Käse als verdorbene Milch betrachten. Wie mir mal

einer, der am Rande des Nervenzusammenbruchs stand, sagte, gibt es mehr als 5000 verschiedene Käsesorten. Ich ergreife Partei für Kühe, Schafe und Ziegen und würde mich nicht scheuen, eine Antikäsepartei zu unterstützen.

Genug davon, ich will nun den wunderschönen Tag preisen, der uns zum Hafen von Thessaloniki führte. Es war gegen 14.00 Uhr, die Sonne schien sich selber zu übertreffen, mindestens 35 Grad, im Schatten versteht sich, und ein wolkenloser blauer Himmel. Das Lokal „Kitchen Bar" war sehr gut besucht und wir hatten Glück, ein schönes schattiges Plätzchen zu finden. Die Luft wurde von zahlreichen Möwen zirkuliert, trotzdem war es feuchtwarm und schwül. Neben dem typischen Meeresgeruch geisterte der Hauch von vielen europäischen und orientalischen Düften herum. Meine Frau, niemals probierscheu, wählte eine Paella. Dieses spanische Reisgericht aus der Pfanne ist zwar das Nationalgericht der Region Valencia, aber in Griechenland kann man alles bekommen, und so versetzte man die spanischen Ostküste kurzerhand hierher. Um 1900 sollen die Valencianer das Wort Paella für die Metallpfanne, in der ihr Nationalgericht zubereitet wird, aus dem Lateinischen adaptiert haben; weit über 100 Jahre später saßen wir keine zwei Meter vom Mittelmeer entfernt, und meiner Frau wurde ein wunderbar zubereiteter Teller vorgesetzt mit Garnelen, die definitiv noch am Vormittag ihre Runden schwammen. Die nette Kellnerin mit einem IQ, der sicherlich nicht viel höher als der IQ der Garnelen war, meinte auf meine Bitte, den griechischen Bauernspieß nicht mit Kartoffelsalat sondern mit Pommes Frites zu servieren, dass dieses nicht ginge, ich müsste Pommes Frites schon separat bestellen. Alternativ würde sie mir den Schweine-spieß empfehlen, der würde mit Pommes serviert werden. Ich stimmte zu mit der ganz deutlichen

Anmerkung, dass auf dem Teller keinerlei Art von Soße, Käse oder Tzaziki sein sollte, nur der Spieß und die nackten Pommes. Auf ihre Nachfrage, ob es auch Kartoffelchips sein könnten, kam ein klares Ja von mir.

Die Teller mit den Gerichten, die die fleißigen Kellner servierten, waren eine Augenweide. Nachdem der Tisch schräg vor uns bedient wurde, wussten wir, dass wir auch bald dran kommen würden, denn diese drei Gäste hatten kurz vor uns ihre Bestellung aufgegeben.

Wie gedacht, so geschehen. Ein sichtlich gut gelaunter Kellner, auf seinem Namenschild stand ‚Dimitris', servierte mir elegant das bestellte Essen. Er wünschte uns guten Appetit, als ganz in der Nähe ein schrilles Stimmchen erklang. Es war meine Stimme: „ Hallo junger Mann!" Als er näher kam, zeigte ich ihm etwas auf meinem Teller. „Was ist das auf den Kartoffelscheiben?" Er sehr selbstbewusst: "Kefalotiri*."

„Junger Mann, ich habe Ihrer Kollegin groß und breit erklärt, dass Käse für mich auf einer Stufe mit einer Kriegserklärung steht, und wenn man mich zum König von Griechenland wählen würde, würde ich als allererstes Käse verbieten." Trotz seines etwas verwirrten Gesichtsausdrucks lächelte er und sagte, dass er auch keinen Käse mag und ob er sich für den Posten des Vizekönigs bewerben dürfte. Er entschuldigte sich nochmals, nahm den Teller, um mir fünf Minuten später mit einer erneuten Entschuldigung einen neuen Teller zu bringen. Es war aber kein neuer Teller, es war derselbe, lediglich einige Kartoffelchips, die etwas mehr Käse ab-bekommen hatten, waren entfernt worden.

Inzwischen war der Spielraum meiner Geduld ausgeschöpft.

„Bitte nimm den Teller mit", sagte ich zu meinem zukünftigen Vizekönig. „Mein Vertrauen zur Qualität des Lokals ist nicht mehr gegeben." Inzwischen hatte der junge Kellner einige Male seine Gesichtsfarbe verändert.

„Darf ich Ihnen was anderes bringen?" fragte er etwas eingeschüchtert. Ich erklärte ihm, dass es nicht an ihm liegen würde, aber mein Appetit wäre schlagartig verschwunden. Er brachte den Teller zurück. Wenige Minuten später erschien der Restaurantmanager, und bei dem Gespräch mit Paul, so hieß der Mittdreißiger, begann ich meine inzwischen feste innere Einstellung, dass es sich um ein Scheißlokal handelte, zu überdenken. Der nette Mensch entschuldigte sich erneut, inzwischen war es mir auch sehr peinlich, weil ich die Aufmerksamkeit der übrigen Gäste nicht unbedingt auf mich lenken wollte. Ich erklärte ihm, dass ich, wenn ich in Italien oder Spanien wäre, sicherlich Probleme mit der Sprache hätte, hier in Griechenland hätte ich jedoch klipp und klar in meiner Muttersprache erklärt, was ich nicht haben möchte, dieses sei jedoch nicht respektiert worden. Paul, ein Diplomat und ein sichtlich feinfühliger Mensch, bat mich, dem Lokal noch eine Chance zu geben, er würde mir ein saftiges Fleisch mit Pommes servieren, ohne Schnickschnack und sonstige Beilagen und er bat mich, zuzustimmen. Meine Frau genoss die Paella und war voll des Lobes über das Lokal und der Küche, ich harrte jedoch der Dinge, die da kommen sollten. Und tatsächlich kam in diesem Fall ein wirklich neuer Teller, drei wunderbar gebratene Stücke Fleisch, ein zauberhafter Geschmack, und die Pommes waren handverlesen, genau mit der Portion Salz versehen, die nötig ist , um dem Ganzen das Erfolgserlebnis „1A" zu verleihen. Das Filet Mignon, aus dem schmalen Teil des Rinderfilets gewonnen, erzeugte in mir ein Glücksgefühl und ich musste die Küche trotz der zuvor geschilderten Eskapaden loben. Als wir bezahlten, machte uns die Bedienung klar, dass wir nur den Preis für das ursprünglich Bestellte bezahlen müssten, nicht aber das Filet Mignon, dessen Preis drei mal so hoch war.

Als ich mit dem Geschmack dieses göttlichen Stück Fleisches im Gaumen die Hafenpromenade entlang spazierte, sagte ich zu meiner Frau, dass man nur so zu einem besonders guten und teueren Essen kommt. Das nächste Mal mache ich bei McDonalds auch Theater, so dass man mir vom Sternekoch gegenüber etwas besorgen wird.

-8- Alles eine Lüge

Ein Physiker würde es so erklären, dass ein Kreis eine Exzentrizität von Null hat. Somit ist nach der gegebenen Definition ein Kreis ein eindimensionales Gebilde. Dieses geometrische Zeichen, dass für unser Leben ewig und bindend ist, erkannten wir bei der Lebensgeschichte von Ioannis.

Ioannis arbeitete als Kellner in einem Hotel im Südwesten der Insel, das hieß fünf Monate im Jahr zwölf bis vierzehn Stunden täglich schuften, um dann sieben Monate lang das karge Arbeitslosen-geld von knapp 300.- Euro zu erhalten. Ioannis stammte aus einem Vorort Athens und war früher bei einem Großhandel für Molkereiprodukte angestellt. Er war zunächst für Kreta und später für das nordgriechische Festland zuständig. In Kreta lernte Ioannis Frosso kennen und lieben. Ein Jahr später waren sie schon verheiratet und ein weiteres Jahr verging, bis der kleine Kostas zur Welt kam. Frosso, gerade fünfundzwanzig geworden, hatte ihre Kind-heit und Jugend in Deutschland verbracht. Sie war in Dachau in der Nähe Münchens geboren und machte dort ihren Realschulabschluss, um weitere drei Jahre später ihr Abitur zu erlangen. Ihre Eltern waren vor über zwanzig Jahren nach Deutschland gekommen. Für sie war es von Anfang an klar, dass sie, wenn sie genug gespart hatten, zurück nach Thassos gehen würden. Als Frosso's Bruder Ptolemäus, der drei Jahre älter als Frosso war, seine Berufs-ausbildung und Frosso ihre Schule abgeschlossen hatten, entschieden die Eltern, an einem 31. Juli die Abreise anzutreten. Frosso, gerade zwanzig geworden, hatte keine Wahl, sie musste mit den Eltern zurück nach Griechenland. Ptolemäus, mehr Deutscher als Grieche, entschied sich, in Deutsch-land zu bleiben . Er hatte, wie die Eltern stets betonten, einen sehr gut dotierten Job und mit Monika zwar ein deutsches, aber sehr nettes und anständiges Mädchen als Freundin.

Frosso wurde ihrem Alltag entrissen. So vieles würde sie vermissen, vor allem jedoch Elisa, ihre Kindergartenfreundin, mit der sie so viele schöne wie auch traurige Augenblicke erlebt hatte. Über fünfzehn Jahre waren sie unzertrennlich gewesen, und jetzt kam der große Abschied. Elisa wie auch ihre Eltern waren sehr große Griechenlandfans, aber sie schafften es nicht, Frosso's Eltern zu überreden, deren Tochter in ihrer Obhut zu lassen. Am letzten Abend, als die beiden jungen Frauen ihren Schwur ewiger Freundschaft noch einmal erneuerten, war man sich einig, dass man sich mindestens zwei Mal im Jahr sehen würde, entweder in Deutschland oder in Griechenland. Die Zeit verstrich, der Kreis des Lebens zog seine Bahnen und die Abstände, in denen sich Frosso und Elisa sahen, wurden immer größer. Zu Frossos Hochzeit konnte Elisa nicht kommen, da sie gerade bei einem Selbstfindungstrip in Indien war. Bei der Taufe des kleinen Kosta war Elisa für ein halbes Jahr spurlos verschwunden. Ihre Eltern hatten mehrmals bei Frosso angerufen in der Hoffnung, ihre Tochter dort zu finden. Jedes Mal vergebens. Und die Karawane des Lebens zog weiter.

Es vergingen fast zwanzig Jahre. Ioannis wurde nach Kavalla versetzt und er arbeitete an dem Plan, nach Thassos umzuziehen. Frossos Eltern hatten ein kleines Häuschen mit einem riesigen Garten, keine zwanzig Meter vom Meer entfernt. Die Miete, die man dadurch sparte, war enorm. Bedingt durch die Tatsache, dass Ioannis' Arbeitgeber sein Unternehmen an einen holländischen Konzern verkaufte, wurden alle fünf Gebietsvertreter des Unternehmens freigestellt und das Einkommen der Familie schrumpfte dramatisch.

Von der zunächst feurigen Liebe, von den Serenaden und Schwüren blieb nicht mehr viel übrig. Im Laufe ihres Leben konzentrierte sich Frosso auf die drei wichtigsten „K's" einer griechischen Frau: Kirche, Kinder, Küche. Ioannis dagegen genoss diese Zeit mit den drei wichtigsten „F's" eines griechischen Mannes: Fressen, Feiern, Fremdgehen. Dank seines Schwiegervaters fand er in einem schmucken Familienhotel eine Stelle als Kellner. Zu Beginn stellte er sich ungeschickt an, aber mit der Zeit kam der Spaß und die Freude an der Arbeit. Zwar hatte er, je länger der Abend dauerte, Schwierigkeiten mit seinem linken Bein - er hatte in jungen Jahren ein Motorradunfall- , doch das störte ihn nicht, und durch seinen enormen Fleiß bewältigte er seine Arbeit sehr zufriedenstellend. Die Arbeitszeit begann um 14.00 Uhr und endete, wenn er keinen Abstecher in das eine oder andere Zimmer einer Single – Touristin machte, gegen Mitternacht. Je länger die Saison dauerte, desto häufiger fanden diese Abstecher statt und Ioannis nutzte mehrmals im Monat die Gelegenheit, eine der glücklichen Bräute am „Morgen danach" mit seinem Boot ab-zuholen und eine kleine Inselrundfahrt zu machen, die er sich mit einem guten Trinkgeld entlohnen ließ. Frosso war schon sehr früh klar, dass ihr Mann sie betrog, aber eine treue, liebende, griechische Frau muss sich zu den drei Affen gesellen, die da nichts reden, nichts sehen und nichts hören.

So wie sie es in der Schule gelernt hatte, dass der Kreis ein eindimensionales Gebilde ist, so schloss sich der Lebenskreis an einem Dienstagmorgen, als Frosso entgegen ihrer Gewohnheit mit ihrer Freundin Tassoula zu der kleinen unbewohnten Insel Kinira fuhr. Dort fand sie ihren Ehemann mit einer Frau engumschlungen auf einem kleinen Felsenvor-sprung. Obwohl sie es immer geahnt hatte, obwohl sie sich sicher war, dass ihr Mann sie betrügt, erfasste sie bei nahezu 42 Grad im Schatten ein Schüttelfrost. Starr mit dem Ausdruck einer Mumie blickte sie in die Richtung der beiden, bis ein weiterer Schock sie lahm legte. Die Frau, die ohne Bikinioberteil in den Armen ihres Mannes lag, war niemand anders als ihre Kindergartenfreundin Elisa.

Als am nächsten Morgen Frosso in der Kirche des heiligen Dimitrios eine mannsgroße Kerze anzündete, erinnerte sie sich an das alte Lied, das ihr Vater nach getaner Arbeit bei Oliven, Käse und einigen Glas Tsipouro sang: „ola ine ena psema, mia anasa, mia pnoi." *

-9- Cleopatra lebt

Muhammad Ali, Vizekönig von Ägypten, Begründer der ägyptischen Khediven-Dynastie, osmanischer Pascha, wurde 1813 für erbrachte Dienste von Sultan Muhammad II. mit der Insel Thassos belohnt. Ali Pascha wurde in Agios Georgios auf Thassos von Adoptiveltern aufgezogen. Während der Zeit der ägyptischen Verwaltung hatte die Insel dank seiner Verbundenheit eine privilegierte Stellung. Es wurden fast alle Steuern erlassen. Die Bewohner Thassos' betrieben für den eigenen Bedarf Weizen-, Gerste-, Mais- und Rebenanbau sowie Vieh- und Bienenhaltung. Als im griechischen Befreiungskampf die Insel viel später komplett unter griechische Verwaltung kam, wurde ein kleiner Fleck von wenigen Quadratmetern in den Urkunden vergessen. Dieser kleine Fleck ist heute noch ägyptisches Staatsgebiet, und alle Jahre wieder erscheint ein ägyptischer Staatsbeamter zur Inspektion.

Wir schlenderten über diesen Platz, setzten uns unter eine große ausgehöhlte Platane und quälten uns mit der Frage, ob wir Spanferkel, Lamm oder Ziege am Spieß bestellen wollten. Die Luft war geschwängert von den tollsten Gerüchen. Es war knapp vierzehn Uhr und die große Platia* empfing ihre Gäste wie ein Hofmarschall die Adligen beim Staatsempfang. Der Schatten der Bäume brachte uns eine Abkühlung um mindestens 10 Grad, trotzdem war es immer noch wärmer als bei unseren gewohnten mitteleuropäischen Temperaturen. Der Kellner brachte uns knuspriges Brot aus dem Backofen, beträufelt mit Olivenöl und Oregano und einen Salatteller, in dem Tomaten, Gurken, Zwiebeln und Paprika in reichlich Olivenöl schwammen. Wie immer musste man mit dem Salzstreuer kräftig nachwürzen. Mit einer hauchdünnen Serviette wischte ich mir noch die Öltropfen vom Mund, als ein Teller voll aufgetürmter Fleischstücke unseren Tisch erreichte. Zitronen- und Oreganogeruch

überwog, etwas Thymian gab auch seine Note dazu.
Wir begannen genussvoll zu speisen. Die Platia,
idyllisch, friedvoll, lauschig wurde plötzlich durch ein
erdbebenähnliches Geräusch aus dem Gleich-
gewicht gebracht. Einige Spatzen flogen hastig
davon, die Grillen hörten mit ihrem Singen auf und
eine Katzenmama mit ihren zwei Katzenbabies
ergriff hastig die Flucht. Der Kellner sah uns ent-
schuldigend an, wie wenn er der Verursacher wäre,
im Gegenteil, er war äußerst aufmerksam, und als er
sah, dass zwei recht anhängliche Wespen uns
belästigten, brachte er auf einem Teller eine
brennende und somit rauchende Pulvermasse, damit
der Rauch die lästigen Insekten verjagen sollte.
Inzwischen war die Ursache des Lärms zu sehen.
Eine Armada von vier Personen nahte. Ein stattlich
wirkender Mann mit Kolokotronis- Bart, zwei
Mädchen zwischen dreizehn und fünfzehn und noch
etwas anderes, sagen wir mal vorsichtig Ehefrau und
Mutter, folgte. Im ersten Moment nichts besonderes,
im zweiten Moment auch nicht, bis sie sich schließlich entschloss, ihren Mund zu öffnen. Dieser Tonfall,
dieser Akzent waren eine Salve von Befehlen und
Anordnungen. Der Gatte wurde links von ihr gesetzt,
die Kinder kreisten zwei Mal um den Tisch, bis sie
schließlich die Order bekamen, sich am Nachbartisch zu setzen. Das kleinere der zwei Mädchen
wollte was fragen, aber die Xanthippe* erstickte
dieses Sagen wollen schon im Ansatz:
„Ich weiß was Du willst, sei ruhig!"
Der Kellner fragte, sichtlich eingeschüchtert, ob er
die zwei Tische zusammenrücken soll. Der Mann
nickte freundlich, aber die Gattin ermahnte ihn mit
den Worten: „Lass mich mal" und wandte sich an
den albanisch aussehenden Kellner, der sich später
als Einheimischer entpuppte: „Mein Herr, wir
brauchen schließlich Platz und wir finden es gut wie
es ist. Danke, widmen Sie sich jetzt wieder Ihrer
Arbeit ". Sie lachte lauthals auf im Glauben, einen
‚Schenkelklopferwitz' von sich gegeben zu haben,

und forderte ihren Mann und die Kinder auf, sich dieser Belustigung anzuschließen. Der Kellner fragte, ob er etwas zum trinken bringen dürfte. „Ja klar wollen wir was trinken, nicht wahr Thanassi." Der Schnurrbart des Mannes bewegte sich, wie wenn er etwas sagen wollte, bis sie ihn mit einem Handzeichen ermahnte, still zu sein. Sie wandte sich an den Kellner. „Bringe uns zwei Cola, schön gekühlt und ein Sodawasser, aber dieses nicht zu kalt, mein Thanassis hat einen empfindlichen Magen. Dann, schreib bitte weiter, bringe uns zwei Bauernsalat, was für Käse habt ihr, hiesigen?" Der Kellner verneinte, der Fetakäse käme aus Larissa. „Ok, bringe uns also zwei Bauernsalat mit reichlich Käse, dazu einen Kartoffelsalat mit Petersilie und Sellerie. Der Saft von eineinhalb Zitronen kann darüber gegossen werden. Etwas Zaziki hätten wir auch gern. Habt ihr Paprika aus Florina da?" Der Kellner nickte. „Also eine Portion davon, dann eine Portion panierte Champignons und nicht vergessen, eine Portion Gigantes* vom Backofen." Sie sah um sich und sah nur sichtlich zufriedene Gesichter, und als aus dem Mund ihres Gatten ganz leise vernehmbar das Wort ‚Pitabrot' erklang, meinte sie: „Ist doch gut Thanassi, habe ich zu Ende ge-sprochen?" Sie wandte sich noch einmal dem Kellner zu: „Pitabrot selbstverständlich auch." Wir widmeten uns wieder unserem Essen. Der Fleischturm wurde immer kleiner und kleiner und am Nachbartisch schien ein Schwarm Piranhas ans Werk zu gehen. Alles, was nicht Teller, Glas oder Flasche hieß, wurde vernichtet. Die Vorspeisen wurden eliminiert. Die schrille Stimme der Nachbars-frau erklang erneut: „Hab ihr kein Zicklein am Spieß?" Der Kellner kam angerannt und wollte ihr die entsprechende Seite auf der Speisekarte zeigen. Sie ignorierte seine Hilfe mit den Worten: „Meinst du ich gehe ans Meer und sehe das Wasser nicht?" Als wir bezahlten und am Nachbartisch die Schlacht weiter tobte, wurde uns bewusst, dass wir nicht in

Griechenland, sondern in Ägypten waren.
Griechische Frauen sind Nachkommen von Athene
oder von Aphrodite und nicht von einer kampf- und
machtsüchtigen Cleopatra.

-10- Ein Nachmittag auf der Agora

Als wir an einem Samstagnachmittag nach einem sehr ausgedehnten Bummel durch Thessalonikis Markthallen an einem Kafenion uns eine kleine Pause gönnten, sprachen meine Frau und ich deutsch, obwohl wir uns fest vorgenommen hatten, während unseres diesjährigen Griechenlandurlaubs uns in meiner Mutter- und ihrer erlernten Sprache, nämlich griechisch, zu unterhalten. Wir bemerkten einen Mann mittleren Alters, der sich offensichtlich für unser Gespräch interessierte. Da unsere Stimmlage manchmal laut und dann wieder leiser war, hatte er sichtliche Mühe uns zu folgen, bis er tatsächlich aufstand und uns ansprach. Der Mann, Mitte/Ende sechzig, war groß und seine lichten Haare waren leicht ergraut. Er hatte einen sehr aufrechten Gang und die Worte, die er formulierte, waren in einem einwandfreien Deutsch mit einem leicht badischen Akzent und der typischen Satzmelodie, die sich so von den anderen deutschen Dialekten unterscheidet.

Er bat uns, seine Gäste zu sein und bestellte beim Kellner drei Ouzo mit Meze*. Diese Appetithäppchen verschiedenster Art, die mal salzig, mal süß, mal dezent oder scharf sein können, erfreuten unseren Gaumen. Nach dem dritten Ouzo erzählte er uns eine Geschichte, seine Geschichte, die so unglaublich und unbeschreiblich ist, dass wir sie gerne hier weitergeben möchten:

Uschi ließ mich wissen, dass sie sich verspäten würde. Im dem Supermarkt, in dem sie arbeitete, kam es zu einem Wasserschaden und somit waren Aufräumarbeiten angesagt. Es war ein sehr warmer Tag, ich hatte einige Botengänge zu erledigen und hatte mir an dem Tag frei genommen. Ich nahm eine Sportzeitschrift, aber ich konnte mich nicht konzentrieren. Warum verspätet sie sich, fragte ich mich.

Uschi war ein wunderbares Mädchen, wir waren damals fast ein Jahr zusammen. Erik Sylvesters Schlager kommt mir in den Sinn: „Du liebst nur einmal, und nur einer bist du treu". Irgendwie entsprechen Schlager nicht der Realität. Ich habe zwei Mal geliebt, ich war mir sehr bewusst, dass ich Uschi genau so liebe wie damals Anna, aber Anna war nicht mehr da, sie war nicht aus meinem Sinn, nicht aus meinem Herzen, sie war entschwunden und trotzdem allgegenwärtig. Ein Vergessen ist nicht möglich, wie kann man auch so einen markanten Teil seines Lebens vergessen. Ich schloss die Augen, die Hitze machte mir zu schaffen, und ich versetzte mich zwei Jahre zurück. Ich lebte in der Nachbarwohnung meiner Eltern im Karlsruher Stadtteil Durlach. Durlach, einst markgräfliche Residenzstadt, ist seit dem dritten Reich ein Stadtteil von Karlsruhe mit damals knapp zwanzigtausend Einwohnern. Mein Vater verließ seine Kleinstadt in Griechenland und folgte dem Ruf der deutschen Industrie, und meine Mutter folgte ihm mit meinem Bruder und mir ein Jahr später. Wir wohnten zunächst in einer Baracke, einem Raum mit circa dreißig Quadratmetern, den meine Mutter mit einem großen Vorhang teilte. Wir lebten sehr beengt, aber glücklich. Später zogen wir in eine ungleich größere Wohnung. Dort hatten mein Bruder und ich ein eigenes Zimmer. Ich war nicht glücklich, in Deutschland zu sein. Man zeigte uns Anfang der sechziger Jahre sehr deutlich, dass wir nicht willkommen waren. Heute noch kommen mir Momente in den Sinn, in denen ich als „Scheiß Ausländer" beschimpft wurde. Nach der Grund- und Hauptschule begann ich mit der Lehre, und nach bestandener Prüfung wurde ich in einen Großbetrieb übernommen. Sehr gut kann ich mich noch an den Obermeister Herrn Wieler erinnern. Seine Aufgabe war es, stets die einzelnen Arbeiter

anzusprechen, ob sie Überstunden ableisten würden. Viele Kollegen blieben bis weit nach 18:00 Uhr, aber für mich war stets um 16:30 Uhr Feierabend. Das Leben, das Genießen war für mich seit ich denken kann viel wichtiger als Geld. Zuhause angelangt, wartete meine Mutter bereits mit den Worten: „Bleibst Du zum Essen?"
Ich verneinte meistens, da ich mich mit Freunden verabredet hatte. „Schade, Sakis kommt gleich und bringt ein Kätzchen mit." Sakis ist mein vier Jahre jüngerer Bruder. „Ich drehe der Katze den Hals um", sagte ich lächelnd und entschuldigte mich bei meiner Mutter dafür, dass ich sie ohne intensivere Beachtung stehen ließ. Als ich dabei war, aus dem Haus zu gehen, kam mein Bruder mit einem strahlenden Lächeln und einem Bündel in der Hand. Etwas zappelte darin, bis sich der kleine Kopf einer noch kleineren Katze zeigte. Man hielt kurz Rat, um dem Bündel den Namen „Titika" zu geben, den ich albern fand.
Der Lärm der Straße wurde durch den lauten Schrei einer Frau übertönt: „Anna, pass auf!" Ein kleines Mädchen hatte die Straße überquert und wollte wieder zurück kehren. Der starke Verkehr und die Sorglosigkeit eines kleinen Kindes bewirkte dieses Durcheinander. „Passen Sie auf Ihre Tochter besser auf", hörte ich einen Autofahrer brüllen, der mitten auf der Straße sein Fahrzeug zum Halten brachte. Die kleine Anna war inzwischen wieder zurück und schlang ihre Arme um ihre Mutter.
„Anna" sagte ich, „warum soll das Kätzchen nicht Anna heißen?" Aber meine Worte fanden kein Gehör, und in den folgenden Tagen bestand das Zusammenleben aus gegenseitigen Fragen und Berichten. Was macht gerade Titika? Hat Titika gefressen? Sei ruhig, Titika schläft…. Meine Mutter, die zu einer Katzenexpertin geworden war, betonte, dass Katzen viel Schlaf benötigen. Mein Vater hatte daraufhin eine Geschichte parat, die alle bestürzte. Er erzählte von einem Vorfall kurz nach dem

Weltkrieg, als ein Nachbar seiner Katze mit einem Beil den Kopf abschlug und die Katze danach verspeist wurde. Er berichtete weiter, dass seiner Meinung nach in Italien dieses immer noch üblich wäre. Viele würden sogar Katzenhirn essen, weil dieses für die Potenz gut wäre.

Zehn Monate nachdem wir uns kennengelernt hatten, stellte ich Uschi meinen Eltern vor. Ich fragte, ob ich am Sonntag eine Bekannte zum Essen mitbringen dürfte. Meiner Mutter war es aus zwei Gründen gar nicht recht, erstens wäre es angebracht, zuerst die Eltern des Mädchens kennen zu lernen und zweitens - und dieses war viel wichtiger -, sie war keine Griechin. Nur durch die Tatsache, dass eine Frau einen griechischen Pass besitzt, wird sie zu einer Heldin und ist wert genug, umgarnt zu werden.

Das Mittagessen verlief nicht unfreundlich, jedoch in einer sehr kühlen Atmosphäre. Uschi war vom kleinen Kätzchen sehr entzückt und wollte ihr, wie wir alle zuvor, vom Tisch etwas zum essen geben. Dieser Versuch ging nach hinten los. Obwohl Titika normalerweise vorsichtig und wie wir alle fanden, sehr vornehm die Fleischstückchen nahm, hatte sie Uschi angefaucht und mit ihrer kleinen Tatze versucht, nach ihr zu schlagen.

Irgendetwas Merkwürdiges fand statt und ich konnte es mir nicht erklären. Eine Veränderung, die keiner zu begründen wusste. Meine kleine Wohnung war durch einen Flur von der meiner Eltern getrennt. Somit war Titika, für mich Anna, öfter auch bei mir. An einem Abend war im Fernsehen eine Szene zu sehen, in der ein Mann kleine Katzen in einen Sack gesperrt hatte und sie in einem nahen Fluss ertränken wollte. Titika tobte und sprang wild umher und beruhigte sich erst, als der böse Mann von einem Geistesblitz oder durch den Drehbuchautor so gewollt sich eines Besseren besann und die Katzenbabies zu einem Bauernhof brachte.

Die Tage wurden schriller und stressiger.
Weihnachten war angesagt. Uschi war mit ihren
Eltern in den bayrischen Wald gefahren. Der ganze
Rummel von „Süßer die Glocken nie klingen" und
„Oh Tannenbaum" machte mich schon immer
hysterisch. Ich nahm meine dicke Winterjacke und
verließ die Wohnung. Zwei Jungs spielten Schnee-
ball, zwei andere waren Opfer, es herrschte ein
Geschrei und ein Toben. Die Schauvitrinen der
Kinos waren voller utopischer Filme und im Fernsehen war sowieso nur „Sissi" - die vierund-
neunzigste Wiederholung- oder „Ferien auf Immen-
hof" zu gaffen. Seinerzeit war an Privatsender nicht
zu denken. Ein langweiliger Tag !
Aus einem verschneiten Haus und einem verschneiten Fenster schaute ein kleines Mädchen heraus. Ich
winkte ihr zu und ihr Lächeln verzauberte für einige
Sekunden die Kälte. Kaum betrat ich wieder meine
Wohnung, klopfte es schon an der Tür. „Komm
rüber, Apostolis ist da, wir trinken Kaffee". Apostolis
war einer der Freunde meines Vaters, den ich nicht
recht mochte. Er war groß, stets ungewaschen und
dementsprechend mit einem besonderen Eigen-
geruch. Seine Zähne hatten die letzten zehn Jahre
keine Zahnbürste gesehen. Von Beruf war er
Schuhmacher, allerdings übte er ihn nur nach
seinen zehn Stunden Job in einer Möbelfabrik aus.
Ein sehr langweiliger Mensch, dessen Highlight
entweder aus Damenschuhen oder Essen bestand.
Als ich das Wohnzimmer betrat wünschte ich ein
„Chronia Polla"*. Dieses wünscht man sich zu jeder
Gelegenheit, wann immer es was zu feiern gibt.
Heute weiß ich, dass das nicht stimmt, aber seinerzeit kam es mir so vor, dass man es auch zu einem
sagt, der gerade vom Toilettengang kommt.
Apostolis hatte eine Frau, die Nosokoma genannt
wurde. Das war nicht ihr richtiger Name, sie arbeitete
jedoch im Krankenhaus als Reinemachefrau, und als
mal einer, der wusste, dass sie in einem Krankenhaus arbeitete, fragte, ob sie Nosokoma (Kranken-

schwester) sei, verneinte sie es nicht und so blieb der Name haften. Apostolis und seine Nosokoma arbeiteten sich krumm und buckelig weil sie sich ein Ziel gesetzt hatten und das lautete, so schnell wie möglich so viel wie möglich verdienen und dann ab nach Griechenland. Ein anderer Freund meines Vaters war Timos. Timos kam mit seiner Frau Ermioni nach Deutschland. In Griechenland ließ man die drei Kinder bei der Oma zurück. Beide arbeiteten in einer Lederfabrik zehn bis zwölf Stunden am Tag. Ihr Essen bestand aus Salzkartoffeln, wobei ich stark bezweifle, ob sie Salz verwendeten, und Brot. Das Brot sollte möglichst alt sein, nicht aus gesundheits-politischen Gründen, sondern weil man davon weniger essen konnte. Dieses Essen bereitete Ermioni jeden zweiten Tag vor und sie aßen es in der Mittagspause. Abends wurde, nachdem man sich gegenseitig ewige Liebe geschworen hatte, eine Schlaftablette einge-nommen. Timos Bauch wuchs und wuchs. Wenn man einen Finger dagegen drückte, verschwand dieser komplett im Gewebe. Keine Ahnung was es war, aber ich erinnerte mich an Fernsehbilder von kranken, hungernden Kindern in Afrika, diese hatten ähnliche Symptome. Als ich nach dem Kaffee, ohne viele Worte mit Apostolis geredet zu haben, schnell wieder in meine Wohnung wollte, schlich das kleine Kätzchen um meine Füße. Es passierten so viele kleine Merkwürdigkeiten, die im Einzelnen trivial und geistlos schienen und denen ich keine Bedeutung zuordnen konnte. Als ich meine Wohnungstür hinter mir geschlossen hatte, bemerkte ich, dass mir das Kätzchen Anna gefolgt war. Wenige Minuten später erhellte ein Blitz den Raum. Ich erschrak und wusste, nachdem ich wieder einigermaßen klar denken konnte, nicht, wie viel Zeit nach diesem Blitz vergangen war. Was ich jedoch sah, war eine junge hübsche Frau Anfang zwanzig. Sie hatte halblange blonde Haare und hellblaue Augen. Sie trug ein etwas altmodisches Gewand, so wie ich es in Sandalenfilmen, die in Italien massenhaft produziert wurden, jeden Samstagnachmittag im Kino sah. Sie ergriff die Initiative: „Nicht erschrecken", sagte sie, „ich werde Dir alles erklären." Sie lächelte mich wieder an, bat mich, Platz zu nehmen und erzählte mir eine absolut unglaubliche Geschichte. Sie sei Titika, für mich Anna, das Kätzchen, sie käme von einem Planeten weit hinter unserem Sonnensystem und hätte eine Aufgabe zu erfüllen. Sie bat mich, nicht nachzufragen, sondern ihr zu vertrauen. Ich ging in mich und versuchte herauszufinden, ob der Alkohol des Vortages immer noch seine Wirkung ausübte oder wer mir einen solch komischen Scherz bereitet hatte. Die Zeit zwischen dem Blitz und meinem Klarwerden, wo und wer ich war, konnte ich auch nicht definieren. Anna schien meine Gedanken zu lesen und meinte, dass auf ihrem Heimatplaneten die Lebewesen sehr menschenähnlich seien, sie hätten jedoch die Gabe, bei Anwendung diverser Meditationstechniken sich in ein anderes Lebewesen zu verwandeln. Sie bat mich erneut, ihr, auch wenn es mir sehr schwer fallen würde, zu vertrauen und fuhr fort, dass sie die Aufgabe hätte, mich mitzunehmen. Sie berichtete, dass ihre Rasse weit über zehntausend Jahre weiter entwickelt sei als die menschliche und dass es auf ihrem Planeten keine gesellschaftlichen Unterschiede gab. Die Regie-renden, man nannte sie die „Oberen", würden jedes Jahr neu bestimmt werden. Sie sagte mir, dass man in ihrer Welt keine Verfassung im üblichen Sinn hätte. Um für das nächsthöhere Amt zu kandidieren, musste man zunächst das niedrigere inne haben. Zwischen zwei Ämtern war eine Pause von zwei Jahren notwendig. Jedes Amt wurde von zwei Amtsinhabern bekleidet und hier war das Konsulat das höchste. In besonders schwierigen Zeiten gab es die Möglichkeit, für maximal drei Monate einen „Oberen" zu ernennen. Dieser musste von drei Volksversammlungen bestimmt werden. Kontrolliert wurden die Amtsträger vom Senat und den Volksversammlungen, die auch für die Gesetzgebung zuständig waren. Die Senatoren wurden nicht gewählt, sondern hatten die Mitgliedschaft ihrem höheren Adel zu verdanken.

„Also doch eine Zweiklassengesellschaft", sagte ich, um in diesem Moment erneut von einem Blitz und der Tatsache aufgeschreckt zu werden, dass mein Bruder mitten im Zimmer stand und das kleine Kätzchen in den Händen hielt. „ Sie stört Dich bestimmt nur", sagte er und entschwand.

Am Abend sprang mein Auto beim ersten Versuch an und ich fuhr zur ‚Medea', einem kleinen Szenelokal am Rande der Stadt. „Chronia polla", hörte ich Dimitris Stimme brüllen, der sich an die Außenwand des Lokals lehnte. Ich wiederholte seine Worte. Dimitris, der mit jedem Satz davon träumte, zurück nach Griechenland gehen zu wollen, war trotz aller Unterschiede, die wir hatten, ein sehr guter Freund. Er war etwas zu kurz gewachsen und hatte wieder eine Halskrause an, da er sechs Jahre zuvor einen Autounfall hatte und sein Hals justiert werden musste. Diese Halskrause trug er, wenn er Schmerzen bekam, und dies schien oft der Fall zu sein, weil ich ihn ohne diese Stützvorrichtung niemals sah. Er bewohnte bei seinem Arbeitgeber, den Löbes, ein kleines Zimmer in deren Einfamilienhaus. Dieses Zimmer lag neben dem Schlafzimmer der Eheleute, und sobald Harald Löbel einschlief, hüpfte Claudia, seine Gattin, ohne Umwege in Dimitris Bett. Wand an Wand mit Harald ließen sie es sich nachts gut ergehen. Als ich Dimitris mal fragte, ob Harald niemals etwas mitkriegen würde, meinte er, dass Harald der Meinung ist, er könne seiner Frau nicht das geben, was sie bräuchte und so sei es ihm lieber, sie bliebe unter dem eigenen Dach als irgendwo anders ihr Glück zu suchen. Ich fragte Dimitris, warum er nicht in die Wirtschaft rein geht sondern draußen wartet. Er meinte, er würde auf Kostas warten. Da es aber empfindlich kalt war, folgte er mir ins Innere. Er bestellte sich einen

Kamillentee und ich einen Kaffee, da stürmte Kostas mit einer roten Rübennase herein. „Bring mir ein Bier", schrie er der Kellnerin nach und setzte sich zu uns. Kaum waren die Getränke auf dem Tisch, nahm er sein Glas, leerte es in einem Zug und bestellte ein zweites. Er meinte, dass die Zeiten gerade nicht mehr dieselben wären wie früher und Dimitris meinte, dass er Recht hätte, sein Genick würde ihn wieder schmerzen.

Sie bemerkten sicherlich erst dann mein Weggehen, als mein Kaffee noch bezahlt werden musste. Ich hatte nämlich von dem Gerede von schlechten Zeiten, Genickschmerzen und sonstigen Bedeutungslosigkeiten die Schnauze voll und ging. Ich schaute zuhause noch kurz bei meinen Eltern rein, sah, dass beide interessiert einen Monumentalfilm sahen. Und so nahm ich das Kätzchen, ging zu mir und legte es auf die Couch.

„Zeig dich, schönes Alien- Kind", sagte ich zu ihr, aber das Kätzchen wusste nichts Besseres zu tun, als genüsslich zu gähnen und sich dreimal um die eigene Achse drehend schlafen zu legen. Ich gab mir recht, dass die Erscheinung eine Täuschung war und legte mich auch ins Bett.

Es vergingen fünf Tage, meine Eltern und mein Bruder besuchten unsere Cousine Melpomeni in Freiburg. „Vergiss nicht, Dich um Titika zu kümmern", sagte meine Mutter, bevor sie ging, und als ich die Nachbarswohnung betrat, um dem gefräßigen Vierbeiner was zu geben, waren es wieder dieser Blitz und die Helligkeit, die mich erneut blendeten.

„Du hast die Prüfung bestanden", sagte Anna jetzt wieder als junge Frau.

„Die Prüfung?" Sie berichtete mir, dass die „Oberen" ihres Planeten entschieden hatten, sie solle fünf Tage warten, bis sie sich mir wieder zu erkennen gibt. Sie wollten meine Verschwiegenheit testen.

Sie kam auf mich zu und bevor ich mich versah, küsste sie mich leidenschaftlich.

„Hat es Dir gefallen?" fragte sie.
Sprachlos versuchte ich, einen Unterschied
zwischen diesem Kuss und den unzähligen, die ich
mit Uschi gewechselt hatte, zu finden, und mir wurde
von Sekunde zu Sekunde deutlicher bewusst, dass
ich infiziert worden war. Ich merkte, dass ich nicht
mehr Herr über mich selbst war, sondern wie ein
Statist ferngelenkt wurde. Sie merkte meine Ver-
wirrtheit.
„In wenigen Tagen ist es soweit", sagte sie und ich
spürte meine Willenlosigkeit. Ich bemerkte, dass
meine Gedanken sich um eine Art von Flucht
drehten, einfach weg, weit weg ohne Verpflichtung
und Vorgaben. Der Blick von Anna war wie eine
Betäubung, und jedes Mal, wenn ich sie ansah,
verlor ich ein Stück Selbstbeherrschung. In dem
Augenblick, als sich die Wallung der Sinne zu legen
begann, fuhr Anna mit ihrer Geschichte fort.
Sie berichtete, dass sie die Aufgabe hatte, mich auf
ihren Planeten zu entführen, damit die Forschung an
Menschen fortgesetzt werden kann. Sie meinte, sie
könne dieses jetzt nicht mehr tun, weil zu viele
menschliche Empfindungen in ihr wären. Ihre
Entscheidung sei gefallen und sie wollte nicht zurück
zu ihrem Planeten gehen.
„Ich habe den Tribunen die Nachricht zukommen
lassen, dass ich nicht imstande bin, den Auftrag zu
erfüllen und dass man sich jemand Anderes suchen
soll."
Sicherlich dümmlich schauend fragte ich sie, was sie
meinen würde.
Sie fuhr fort, dass sie die Aufgabe hätte, mich für das
Leben auf ihrem Planeten vorzubereiten. Dieses
wäre kurzfristig mein sicherer Tod.
„ Du bist noch nicht so weit für dieses Leben", sagte
sie.
Sie fuhr fort, dass sie am nächsten Morgen das
Haus als Anna der Mensch verlassen würde, um
dann noch vierundzwanzig Tage zu leben, bis ihre
Lebensenergie erlöschen würde. Die Bestrafung für

Versager wird in ihrem Kulturkreis sehr erbarmungslos verfolgt.
In diesem Moment reifte in mir die Entscheidung, mit
Anna die Stadt zu verlassen. Mein Leben lang war
ich ein Muttersöhnchen. Mir war mein Dasein
zuwider, meine Arbeit war mir so etwas von gleich
und mein Leben verlief in monotonen Bahnen. Da
kam mir Uschi in den Sinn, die Frau, die ich liebte.
Aber ich hatte bereits die Entscheidung getroffen.
Einmal im Leben musste ich meinen eigenen Weg
gehen.
„Ich bin eine Illusion", sagte Anna. „Du brauchst
Deine Eltern, Deinen Bruder, Deine Freundin, Deine
Freunde."
„Ich gehe mit Dir fort", fiel ich ihr entschlossen ins
Wort.
„Das lasse ich nicht zu, meine Tage sind gezählt",
sagte sie.

Als Kind erhielt ich viel Prügel. ‚Prügel stammen aus
dem Paradies' ist ein griechisches Sprichwort. Diese
Erziehung erzeugt in Kindern eine gewisse Neugier,
auch wenn sie erst nach vielen Jahren sich zu einer
männlichen Tat umsetzt.
Nie hatte ich an außerirdische Lebewesen geglaubt.
Science-Fiction war niemals mein Wegweiser. Meine
Erziehung lautete Demut vor der Familie und der
Religion und Gehorsam dem Staat gegenüber.

Neujahr war angesagt. Mein Schädel brummte,
obwohl der Alkoholkonsum sich sehr in Grenzen
gehalten hatte. Das Wetter schien sich über Nacht
gebessert zu haben und ich hoffte, mit dem Öffnen
des Fensters den Kummer in mir zu verdrängen.
Irgendwo erklang die Stimme von Marianne
Rosenberg. Als es mir einigermaßen besser ging,
schloss ich als erstes das Fenster, damit der
Kummer nicht wieder zurück kehrt. Uschi und Anna
kamen mir in den Kopf. Ich hatte mich unsterblich in
ein übernatürliches Wesen verliebt und war dabei,

alles zu unternehmen, um wenigstens für ein paar Tage mit ihr zusammen zu sein. Wie war es möglich, gleich zwei Menschen zu lieben? Ich versuchte, Anna als Hexe, als Zauberin zu sehen. Versuchte, sie mir schlecht zu machen, wobei jeder Versuch kläglich scheiterte. In zwei Tagen würde Uschi wieder kommen, ich musste mich entscheiden.

Da erschien Anna mit einem heiter melancholischen Blick: „Ich habe mich befreit", sagte sie. „Ich habe den Oberen endgültig abgesagt."

„Was heißt das auf Deutsch?" fragte ich sie.

„ Dass ich noch bis zum 24. Januar leben werde."

Und mein Entschluss manifestierte sich, dass ich Anna in ihren noch zu verbleibenden Tagen nicht im Stich lassen würde. Sie sollte diese Tage leben und erleben und ich würde versuchen, sie in jeder Sekunde glücklich zu machen. Wir küssten uns und die Liebe hatte wieder einmal für einen kleinen Zeitraum über den Tod gesiegt.

Ich brachte Anna in einem kleinen Hotel unter, weil sie sich nicht mehr verwandeln konnte. Meine Mutter weinte, weil die kleine Katze auf einmal nicht mehr da war, und mein Bruder meinte, ich hätte wie immer die Tür aufgelassen und das Kätzchen wäre weggelaufen. Binnen weniger Minuten war ich zum Mann gereift, war wie Dustin Hofmann geworden, der in dem Film ‚Die Reifeprüfung' auf der Brüstung der Kirche sein „Nein" rief, damit seine große Liebe nicht einen Fremden heiratet. Die Liebe besiegt alles.

Meine Eltern waren zum Gottesdienst gegangen. Pater Petros, neu in der Gemeinde, versuchte seinen Vorgänger vergessen zu machen, der in einem Tobsuchtanfall die Einrichtung samt Ikonen zu Kleinholz schlug, weil die Spenden nicht wie erhofft geflossen waren. Die Spenden landeten nämlich nicht bei der Kirchengemeinde, sondern in seiner eigenen Tasche. Einige Monate zuvor sollte eine Trauung stattfinden und der Pope verlangte einen bestimmten Betrag, sonst würde er die Zeremonie nicht durchführen. Am Vorabend rief er den Vater der Braut an und verlangte das Doppelte, was er auch erhielt, weil die ganze Hochzeitsvorbereitung komplett abgeschlossen war und man keine andere Chance hatte, als diese durchzuführen.

Meine Eltern waren wie erwähnt in der Kirche und ich beschloss, einige Abschiedsworte zu schreiben. Mir fiel nichts Intelligentes ein und so schrieb ich auf ein Blatt Papier oben links „für Uschi" und danach vier Zeilen eines griechischen Liedes:

Das von dem wir träumten
Ist noch nicht geschehen
Und wir beide wissen jetzt
Dass all die Träume vergehen

Träume sind teures Gut und ich war dabei, das Blatt Papier zu zerreißen, als ich mich wieder besann und es auf den Tisch legte.

Anna würde nach vierundzwanzig Tagen sterben und ich war schuld daran, und ich verlasse die Geborgenheit des Gewohnten, um die Geborgenheit des Herzens zu suchen.

Anna war sehr neugierig auf alles. Aus meinem Bücherregal hatte sie ein Fotoalbum mitgenommen, das sie sehr interessiert umblätterte. Ihr Blick fiel auf einen kleinen, etwas untersetzten Mann. Es war Minas, der sich bei jeder Gelegenheit zu Wort meldete. Ob es etwas zu sagen gab oder nicht, spielte dabei keine Rolle. Er begann mit diesem für Griechen so typischen Satz: ‚Na sou po', was nichts anderes als ‚Lass mich Dir sagen' bedeutet. Ich kann mich an Minas in so vielen kleinen Situationen er-innern. Es war eine Stunde vor einem Fußballspiel mit unserer drittklassigen, aber stets kämpfenden Mannschaft, da half er uns, die Netze an die Torpfosten zu spannen und stieg dabei auf die Torlatte und balancierte umher, in dem er ein griechisches Volkslied sang. Ein anderes Mal, wir suchten vor einem heftigen Gewitter Schutz unter einer Eisenbahnbrücke, zog sich Minas bis auf die

Unterhose aus und führte den „Durlacher Regentanz" vor und frohlockte, dass er der neue König von Baden wäre. Wieder ein anderes Mal, wir wohnten damals in der Lamprechtstrasse, ich war keine vierzehn, lag krank im Bett und meine Eltern waren ausgegangen, klopfte und polterte es an der Tür. Es war Minas, der meinen Vater, der gerade nach Hause kam, mit einem Messer bedrohte: „Barba Georg", schrie er, "Du bist ein herzensguter Mensch, aber ich muss mir einfach vor den Leuten Respekt verschaffen, ich werde Dich jetzt abstechen."
Mein Vater stieß ihn, nicht ohne vorher zwei Stoßgebete zum Himmel geschickt zu haben, zurück und fauchte ihn an, er solle nach Hause gehen, um seinen Rausch auszuschlafen. Am nächsten Morgen kurz vor sieben, wir schliefen noch, es war Sonntag, kam Minas wie ein begossener Pudel und entschuldigte sich bei meinem Vater. Er drehte sich dann sofort wieder Richtung Tür, als mein Vater ihm sagte: "Bleib hier, wir trinken erst einmal einen Kaffee". Minas Gesichtsfarbe normalisierte sich und er fing wieder mit seinem: "Na sou po..." an. Wenige Tage später kam eine Freundin meiner Mutter, die uns fragte, ob wir vom Tod Minas gehört hätten. Sie berichtete, dass er sich wieder einmal mit seinem Schwager Nikos zerstritten hätte und seine Frau die Partei ihres Bruders ergriffen hätte. Das Ganze eskalierte, als sie ihm in einem Tobsuchtsanfall sagte, dass seine beiden Kinder nicht von ihm, sondern von zwei ihm bekannten Dorfnachbarn wären. Der eine sei Spanier und der andere Italiener. Minas verließ die Wohnung, ging in die Stadt und kaufte sich einen großen Strick. Er nahm am Bahnhof ein Taxi und ließ sich durch die Stadt chauffieren. Danach verwischte sich seine Spur. Am nächsten Morgen fand man ihn tot. Zehn Meter von seinem Haus entfernt hatte er sich erhängt. Seine linke Hand lag zwischen Strick und Hals. Er war vierunddreißig Jahre jung geworden. Später sah ich mal seine Frau mit den beiden Kindern im

Supermarkt und mir fiel nichts Besseres als ein: "Na sou po" ein.

„Ich will niemandem nahe treten", sagte Anna einmal. „Aber ich denke, dass die Menschen sich selber alles schwer machen". Sie sagte, dass Menschen intellektuelle Untiere mit zivilisierten Manieren seien.

Bei einer anderen Fotografie hielt Anna mit dem Blättern an und fragte mich mit ihrem Blick, wer diese junge Frau sei. Es war Anita, die erste große Liebe meines besten Freundes. Es begann bei einer dieser üblichen Veranstaltungen, die nach dem griechisch- orthodoxen Gottesdienst einmal im Monat organisiert wurden. Man saß beieinander, aß und trank, und an dem Tag stolzierte zwischen den Tischen ein sehr junges und hübsches Mädchen herum. Mein Freund Christophoros war von der jungen Frau sofort fasziniert. Die Tage und Wochen danach gab es kein anderes Thema als diese junge Frau. Das führte sich über Monate hinweg fort. Man sah sich bei diversen Veranstaltungen, und in dieser Zeit gab es zwischen Christophoros und Anita das eine oder andere kleinere Gespräch. Heimlich hatte man sich auch zwei Mal getroffen. Anitas Eltern, sehr orthodox und sehr streng, versuchten jedoch alles, um ihre Tochter von der Außenwelt fern zu halten. An einem Morgen kam Christophoros zu mir und berichtete, dass er ihr wieder geschrieben hätte. Sie sei ja die Tochter von Lakis und er hoffe sehr, dass ihr Vater diese Freundschaft akzeptiert. Er schrieb ihr, dass er sie sehr bald wieder sehen und nicht bis zum nächsten ersten Sonntag im Monat warten möchte. Christophoros erhielt keine Antwort. Auf keinen seiner unzähligen Briefen. „Ruf sie doch einfach an", sagte ich ihm, Du weißt, wo sie an- gestellt ist". Er tat es auch und siehe da, sie sagte ihm, dass man sich im ‚Pralina', der kleinen Konditorei, treffen könnte. Er hatte schon die Lokalität betreten, als wenige Minuten später Anita eintrat. Sie hielt einen größeren Karton in der Hand,

den sie neben sich legte. Sie berichtete, dass sie
einen Tag nach dem letzten Kirchfest nach
Griechenland gereist sei. Dort hätte sie bei einer
arrangierten Hochzeit die Braut gespielt. Das im
Karton war ihr Hochzeitsgeschenk von den
Kolleginnen.
"Du hast geheiratet?"
"Ja, es kam für mich völlig überraschend, meine
Eltern hatten alles schon organisiert." Der Tag des
Weltuntergangs war für ihn gekommen.
"Bitte sei mir nicht böse, es ist doch der Willen
meiner Eltern gewesen". Sie schaute ihn bittend an.
"Lass uns doch Freunde bleiben, lass uns normal
damit umgehen."
"Wie soll ich wieder zur Tagesordnung übergehen,
wenn die Frau, die ich liebe, nach Wochen ohne
Lebenszeichen mir sagt, dass sie einen anderen
geheiratet hat."
"Aber ich konnte es doch nicht wissen."
"Warum hast Du niemals auf einen Brief ge-
antwortet, ich habe Dir so viele geschrieben."
Sie sagte ihm, dass sie keine erhalten hätte und
beiden wurde bewusst, dass die streng gläubigen
Eltern diese ihr vorenthalten hatten.
Am nächsten Tag rief sie ihn an. Sie wollte sich
unbedingt mit ihm treffen. Dort berichtete sie ihm,
dass sie mit ihren Eltern gesprochen hätte, diese
zugaben, die Briefe nicht weiter geleitet zu haben
und sie auch wieder so handeln würden. Sie fuhr
fort, dass sie jetzt eine Frau der Gesellschaft sei und
sie hätte bestimmte Regeln zu befolgen. Sie trafen
sich und fuhren zu einem Ausflugslokal in der Nähe
von Bruchsal. Sie berichtete ihm, dass sie ihren
Mann am Vorabend der Hochzeit gesehen hätte, er
sei kein Adonis, würde durchschnittlich aussehen,
aber sie sei der Familie und der Religion verpflichtet.
„Und was geschieht mit uns?" fragte er.
„Ein ‚uns' gibt es nicht" sagte Anita. „Ich möchte Dich
jedoch bitten, am kommenden Freitag zum

‚Pralina' zu kommen. Mein Mann kommt für drei Wochen.Stell Dir mal vor, er verlässt zum ersten Mal Alexandroupoli, um nach Karlsruhe zu kommen".

Christophoros ging nicht zu diesem Treffen, das Schicksal spielte ein verrücktes Spiel mit ihm, denn keine drei Wochen später lernte er ein anderes Mädchen kennen und lieben und verdrängte seine erste große Liebe Anita bis zu einem Samstag Abend, als er mit seiner Verlobten Carola eine Disko besuchte. Er sah dort Anita angetrunken und vollgekifft in den Armen eines stadtbekannten Kleinganoven.

Schmerz erzeugt Angst, Angst frisst wie man so schön sagt, die Seele auf. Ich war froh, dass Christophoros in Carola einen Menschen fand, bevor seine Seele aufgefressen werden konnte. Manchmal dachte ich an Anita und wurde traurig, weil jeder Mensch das Recht zum Leben hat. Das Recht zu sterben sollte nicht beansprucht werden.

Es war inzwischen mitten in der Nacht. Anna ließ mich erzählen, stellte Zwischenfragen und ich merkte, wie mich die alten Erinnerungen aufwühlten. Ich dachte an Minas, an Christophoros und an Anita und spürte, dass ich jedes Mal beim Erzählen ein Stück älter wurde. Aus Erinnerungen bauen wir unsere Ideale, Leitbilder eines Lebens im Rück-wärtsgang, Leitbilder, die uns zeitlebens verfolgen und zu unserem Schicksal werden. Die Gedanken an Annas Schicksal versuchte ich beiseite zu schieben um frei zu werden, wollte sie vergessen, was jedoch nie gelang. Ich dachte an meine Eltern, an meinen Bruder, an Uschi. Die Heimat suchte ich und fand nicht den Weg, wobei allein die Definition, was Heimat ist, mir schwer zu schaffen macht. Wo war meine Heimat? Bei meiner Familie, dort wo ich geboren wurde, in Baden-Württemberg? Einer sagte, dass seine Heimat dort wäre, wo man ihn auch gut behandelt. Mir wurde bewusst, warum ich Anna so gerne all diese Geschichten erzählte. Ich wollte den

Kopf frei bekommen, an nichts denken, um mit dem Erzählen in eine Traumwelt zu entfliehen. Schwäche ist keine Schande. Schwäche sollte jedoch als Ansporn für große Taten genommen werden.

Manchmal fallen Worte, deren Klang stärker ist als ein Erdbeben mit hohen Werten auf der Richterskala. Ob Anna jemals real war, weiß ich nicht. Manchmal kommen mir die Erinnerungen so deutlich und dann wieder ist ein Nebelschleier über meinen Gedanken. Liebe war das, was mich bewegte, ohne zu wissen was Liebe bedeutet. An so vielen Abenden wollte ich etwas schreiben, besondere Worte sollten es sein. Worte, die bis heute noch niemand erdacht hatte. Die Nächte waren Gefängnisse und jede Träne ein Bote des Wachseins. Die Luft wurde immer stickiger. Das Schweigen der Nacht umarmte mich, während draußen die Sterne sich auf dem blauen Teppich des Universums ausruhten. Für Bruchstücke von Sekunden dachte ich, dass sie mit mir sprachen. Ich versuchte zu lauschen, doch den Sinn der Worte zu begreifen misslang. Und da begriff ich erst beim zweiten Hinsehen, dass die Sterne nicht mit mir sprachen, sondern Annas Gesicht im Himmel aufzeichneten. Der Tag graute, die Sterne erloschen und ich verlor das Licht. Meine Augen schlossen sich, die Müdigkeit übernahm die Herrschaft und da sah ich sie im Traum, wie sie mit Engeln um die Wette rannte. „Vergiss mich", hörte ich eine Stimme, die immer leiser wurde: „Vergiss mich, vergiss mich."

Seit dem ersten Tag, als sie mir erschien, liebte ich sie. Ich sah in ihre Augen und wusste, warum ich lebte. Ich lebte, um sie glücklich zu sehen. Wie kann man vergessen, was man nie erlebt hat, und immer wenn ich sie sah, begriff ich, dass Liebe doch so einfach sein kann. Und ich hörte Glockenklang, was für eine göttliche Musik.

Dann wieder wollte ich ihr danken, danken für diese wenige Stunden, diese wenigen Tage, die ich mit ihr verbringen durfte. Wenn jetzt auch mein Leben

enden würde, wäre ich glücklich ins Totenreich
gereist.
Ich hörte noch Annas Stimme: „ Ich muss jetzt
gehen".
„Anna", versuchte ich zu sagen.
„Danke für die schöne Zeit", sagte sie, und das
waren auch die letzten Worte, die ich von ihr hörte.
In einem kargen Raum kam ich zu mir. Uschi saß
neben meinem Bett, und das erste, was ich sah,
waren ihre feuchten, treuen Augen.
„Hallo Geliebter", sagte sie und lächelte mich an.
Später berichtete sie mir, dass ich drei Wochen in
einem Wachkomma gelegen war. Man fand mich
verwirrt an einem Parkplatz, keine zehn Minuten von
meiner Wohnung.

Wir haben dem älteren Herrn sehr aufmerksam
zugehört. Inzwischen war jeder Meze-Teller leer
geputzt und vier oder fünf Halbliterflaschen
Malamatina standen leer auf dem Tisch. Der Mann
hatte den badischen Akzent meiner Frau gehört und
erinnerte sich an die Zeit vor über vierzig Jahren, als
er in der Nähe von Karlsruhe gewohnt hatte. So
sprach er uns an und wir genossen einen schönen
Nachmittag mit den Erzählungen dieses Mannes. Er
erzählte uns, dass seine Frau Uschi und er seit drei
Jahren im Ruhestand waren, die Som-mermonate in
Thessaloniki verbrachten und ab November kämen
sie zurück nach Deutschland. Wir verabschiedeten
uns von ihm, nicht ohne das Ver-sprechen gegeben
zu haben, uns im Spätherbst in einem griechischen
Lokal in Gondelsheim zu treffen.

-11- Zufällig wieder einmal

für Urania

Das kleine Mädchen weinte immer noch, die alte Frau strickte unaufhörlich weiter und kaute die Essensreste vom Mittag, die sich in ihrem Gebiss festgesetzt hatten. Kurz zuvor hatte sie diese mit gekonnter Zungenfertigkeit aus der Zahnlücke hervorgeholt. Manolis, der ewig Dicke, des Schreiens nimmermüde, pries zum x-ten Mal seine Wassermelonen an, die, von einem Mückenschwarm umhüllt, in einem Holzkarren lagerten. Einige barfüßige Kinder stolperten die Straße auf und ab, vor sich ein Stück Stoffball oder was es auch immer sein sollte.

Das verliebte Paar aus der Vergangenheit kommt um die Ecke, er ein wenig zu klein für sie, schlank mit abgetragenen Jeans und einem weißen T-Shirt, sie mit einem blauen Sommerkleid, das wie ein alter Mehlsack an ihrem Körper hängt. Genau wie immer, fest umschlungen, lassen sie sich nicht einmal von Manolis' Gebrüll stören. Das kleine Mädchen ist inzwischen aufgestanden und versucht, die Jungs zu überzeugen, dass sie auch Fußball spielen kann; die Alte schaut kauend und teilnahmslos immer noch auf ihr Strickzeug, Manolis brüllt weiter und das Pärchen entfernt sich mit kleinen Schritten der Zärtlichkeit zu.
Hier lebte ich einmal, viele, sehr viele Jahre. So kam es mir wenigstens vor. Hier hatte ich das Existieren gelernt, das „Nur der Starke hat was zu sagen" - ich bin bei der Prüfung mit Bravour durchgefallen. Jetzt, nach Jahrzehnten, sehe ich sie wieder, und es sind immer noch die, die auch früher hier lebten.
Sicherlich werden sie immer hier leben, mit Stoffbällen spielen, alte Essensreste kauen und Melonen verkaufen. Hier strafen sich die Leute, indem sie sich gegenseitig ver- und enthexen. Sie lachen, damit man ihre Goldzähne sieht, und lehren den kleinen

Kindern das ordinäre Fluchen, damit sie, wenn sie es gelernt haben, bestraft werden können. Hier schwört man ewige Treue für vierundzwanzig Stunden und kocht mit Vorliebe Bohneneintopf mit Tomatensauce. Hier hört man manche von Politik reden, andere das Ausgesprochene aufschreiben. Hier schlägt man Frau und Kind für eine Pokerkarte und hier sind die Witwen für vogelfrei erklärt worden. Ich liebe diese Stadt genauso, wie ich sie hasse. Ich umarme jedes Mal aufs Neue das Land und das Meer und lasse mich verwöhnen, indem ich verlogen schmeichle. Hier war einmal mein Zuhause. Sehr vieles habe ich hier erlebt, doch nur das wenigste ist haften geblieben. Das, was ich wohl nie vergessen werde, sind die Sprüche, die einer, man nannte ihn den „Verrückten", an die Häuserwände mit schwarzer Sprühfarbe schrieb: -- Hier ist die ewige Provinz. -- Das Verbrechen ist die Ewigkeit. -- Uns fehlt kein Heimatverlangen, uns fehlt die Achtung--.

„Waren Sie schon einmal hier?", fragte mich eine Stimme vom anderen Ende der Straße. Ich verneinte wortlos und ging weiter, bis mich die Stimme einholte. „Empfinden Sie es auch?" Die Stimme ließ nicht locker, als wollte sie aus mir all das erfragen, was ich seit Anbeginn der Welt in mich hineinfresse. „Ich bin hier fremd", log ich, um wieder allein zu sein. Ich möchte niemandem etwas vormachen, doch jetzt verspüre ich zum ersten Mal die gesellschaftliche Verpflichtung, geächtet zu sein. Wer soll mich von all den Leuten hier auch verstehen? Sie kennen keine Ruhelosigkeit, kein immer wiederkehrendes Suchen nach dem Schönen - sagte ich "Schönen?" - nein, nach dem Vollkommenen. Nach dem, was ist, und nichts darüber. Es gibt nichts Schlimmeres, als einem seine Ideen abzusprechen, die Leute hier tun es mit Vorliebe. Mein Geburtshaus liegt etwas weiter oben, sie haben es wie Aasgeier zerstückelt, um ihre Machtgier zu demonstrieren. Dort wo die Zypressen sich treffen, habe ich immer gespielt, oft allein, meistens allein, immer allein, so wie ein Apfelbaum, der keine Früchte trägt. Die alte Welt wird auf einmal sichtbar. Die Jungs haben das kleine Mädchen brutal weggeschickt und spielen weiterhin allein mit ihren Stofffetzen, die Kleine weint wieder, und die alte Frau scheint zu Ende gekaut zu haben. Manolis sehe ich nicht mehr, seine Stimme durchdringt nur noch schwach die Gassen.

Ich gehe den Weg zurück mit dem Vorhaben, nie wieder hierher zu kommen. Ich weiß aber, dass ich es nicht einhalten kann. Irgendwo in meinem Unterbewusstsein hatte ich um Aufschub gebeten, und irgendwann, zufällig wieder einmal, werde ich diese Straßen sehen mit all ihren Menschen und all ihren Erinnerungen, und immer wieder wird dieser Anblick beweisen, dass ich sie, wie ich sie auch kritisiere, um ihre Lebensfreude, die unantastbar ist, beneide.

-12- Ladadika

Wenn die Sonnenstrahlen Richtung Meer streben und der Abend anbricht, erwacht das Leben zwischen der Odos Aristotelous und dem „Vardari" in den Ladadika, dem ehemaligen Viertel der Olivenölhändler, welches mit seinen kleinen restaurierten Häusern an das alte Thessaloniki erinnert. Ohne dass man es sich versieht, ist man fünfzig bis sechzig Jahre in die Vergangenheit gereist. Man genießt seinen Kaffee oder man stärkt sich in einer der ältesten Ouzerien* der Stadt und öffnet seine Sinne für all das, was hier ersichtlich oder hinter den Fassaden versteckt ist.
Die reinste Lebenslust. Vergangenheit und Gegenwart sind so ineinander verschlungen wie ein frisch verliebtes Paar.
Die Musik eines Drehorgelspielers ist zu vernehmen, und bevor man es sich versieht, kommt diese Musik immer näher, setzt sich im Hinterkopf fest und man erwacht aus dem Tagtraum, wenn einen jemand mit einem Hut oder in diesem Fall einem Tamburin für eine kleine Gabe anlächelt.
Fasziniert von der Schönheit dieses Ortes setzten wir uns auf zwei Korbgeflechtstühle, wie sie hier in Griechenland üblich sind, und sahen dem Treiben zu.
Alte und Junge, Einheimische und sichtlich ausländisch aussehende Bleichgesichter, Mädchen, die ihren Tageslohn liegend verdienen, kleine Albanerkinder, die für einen Euro Fächer, Taschentücher, Rosen oder Feuerzeuge verkaufen. Eilige sahen wir und manche, die sich der Umgebung anpassten und umherschlenderten.
Die Tavernen waren gut besucht, manche Wirte hatten ihre Speisen auf Schiefertafeln geschrieben, andere hatten eine Speisekarte, die als Tageszeitung getarnt war. Man sah Bilder von Hatzichristos, Wengos, Iliopoulos und anderen Schauspielern, die seit Jahrzehnten nicht mehr leben, man

fand Geschichtliches und Aktuelles und allein diese Lektüre war es wert, dass wir uns für diese bestimmte Taverne entschieden hatten.

Der Platz war voller Stimmen und Menschen. Wir fanden einen freien Tisch gleich neben einem Brunnen, aus dem mit Sicherheit vor einigen Jahrzehnten noch Wasser floss. Wir hatten wahnsinnigen Hunger, und wenn wir keinen gehabt hätten, wären wir durch die Gerüche noch einmal hungrig geworden. Retsina und Tsipouro wurde eingeschenkt und das fröhliche Einerlei wurde lediglich davon gestört, dass ein oder zwei Albanerkinder versuchten, ihre Fächer oder Taschentücher für 1 Euro zu verkaufen. Meistens wurden sie verscheucht und man wandte sich wieder seinem Souvlaki, Souzukaki, Kokoretsi oder einem anderen schmackhaften Essen zu.

Und da ereignete sich etwas, das einem das Herz zum Stillstand zwingt, was einen erschüttert und so tief bewegt, dass man Gänsehaut bekommt und man machtlos der Armut in die Augen blickt.

Am Nachbartisch hatte ein junges Pärchen gerade die Rechnung beglichen, und die sonst so flinken Kellner hatten noch nicht den Tisch von den Essensresten gesäubert, als eine Hand, die am Gerippe einer alten Frau hing, sich zum Tisch begab, sich streckte und zwei ganze und eine halbe Frikadelle ergriff, schnell die halbgegessene in den Mund schob und die restlichen zwei in ihre Schürzentasche.

Später haben wir uns erinnert, wie wir diese Frau am Rand des Brunnens gesehen hatten. Sie streckte keine Hand aus, um zu betteln, sie saß einfach da und wartete, ob aus irgendwelchen Restbeständen noch Krümel oder in diesem Fall ein Goldschatz von zweieinhalb Frikadellen ergattert werden konnte.

Nackter Hunger war es, was diese Frau zur Tat trieb, und als mir eine kleine Träne vor Scham ins Auge schoss, erkannte ich in dem Gesicht dieser Frau Wesensmerkmale, die auch meine Mutter hatte und ich stellte mir vor, dass auch meine Mutter, wenn das Schicksal es vielleicht anders gewollt hätte, diese Frau hätte sein können , die tagsüber vagabundierend in den Ladadika nach Essensresten Ausschau hält. Meine Frau, die genau wie ich die Situation begriff, legte ihre Gabel zur Seite und sah mich fragend an, und ich begriff. Vor uns breiteten sich noch Unmengen von Lammbraten, Hähnchenschenkel und Naturschnitzel aus. Ich hielt nach der Frau Ausschau, die sich an einem alten Leiterwagen zu schaffen machte. Mir kam es so vor, wie wenn sie die zwei restlichen Frikadellen in eine Plastiktüte, die sich in diesem Wagen befand, einpackte. Meine Frau hatte inzwischen aus dem Ölpapier, auf dem die Fleischstücke waren, ein Päckchen geschnürt. Ich nahm dieses, ging zur Frau hin, sah aus der Nähe einen so tiefen Schmerz, den ich noch nie bei einem Menschen gesehen hatte.

„Entschuldigen Sie, Tante", sagte ich, „wir sind gerade mit dem Essen fertig und da ist so viel noch übrig geblieben. Ich möchte mich nicht aufdrängen, darf ich Ihnen dieses Fleisch geben?"

Die Frau stand auf und das, was ich in ihrem Gesicht erblickte, könnte ich mit keinem einzigen Wort wiedergeben. Sie nahm das Gereichte und sagte: „Gott mit Dir mein Sohn und mit Deiner Familie, ich danke Dir sehr. Ich sehe in Deinen Augen die Güte, die so selten geworden ist, danke, danke."

Ich kam zurück an unseren Tisch und wir sahen, wie die Frau, den kleinen Wagen hinter sich ziehend, in eine Gasse bog und nicht mehr zu sehen war.

Es war am selben Abend. Wir hatten beschlossen, noch einmal dieses Viertel zu besuchen, um die Atmosphäre, dieses Flair bei Dunkelheit zu erleben. Wir kamen an dem Lokal vorbei, wo wir mittags gegessen und das Erlebnis mit der armen, alten Frau hatten, als mich meine Frau am Ärmel ziehend auf einen Schatten aufmerksam machte, der hinter einer Häuserfassade zu erkennen war. Es war die besagte Frau, die sich an ihren Holzwagen lehnte. Diese Frau zog uns an, und als wir eine Armeslänge entfernt vor ihr standen, erhob sie ihr Gesicht und wir sahen wieder in diese traurigen Augen. Sie erkannte uns. Ein Hauch von Niedergeschlagenheit und trotzdem Hoffnungsschimmer war darin zu erkennen. „Guten Abend, Tante", sagte ich. Sie wandte sich kurz von uns ab, um uns dann das Strahlen in ihrem Gesicht, das sie noch hervorzaubern konnte, zu schenken. Ein Kellner, der dieses beobachtet hatte, kam herbei und wollte die Frau vertreiben, aber ich gebot ihm Einhalt.

Ich zog einen kleinen runden Tisch etwas ans Licht, es folgten drei Korbstühle und wir baten die Frau, sich zu uns zu setzen.

„Nein danke", lehnte sie ab.

„Wir bestehen darauf", sagte meine Frau, und ich wunderte mich, dass sie es akzentfrei in einem Griechisch sprach, das mir nie gelungen wäre. Sichtlich beschämt setzte sich die Frau und als ich beim Kellner eine Karaffe Hauswein und drei Gläser verlangte, winkte sie fast schnippisch ab.

„Oh danke, aber ich trinke keinen Wein". Ich bestellte noch eine Flasche Mineralwasser und bat den Kellner, er solle uns Mezedes bringen, wobei er darauf zu achten hätte, dass Käse nicht mit dem Fleisch in Berührung kommt. Wir stellten uns der Frau vor, sagten, dass wir aus Deutschland kämen und am nächsten Tag wieder zurück fliegen müssten. Wir erzählten von unserem Alltag. Das Essen kam, jeder nahm sich die Häppchen, die ihm am leckersten vorkamen, und das ängstliche, scheue Gesicht der Frau entspannte sich. Wir erkannten sofort, dass sie früher mit Sicherheit sehr hübsch gewesen war. Und auf einmal lächelte sie uns an, und es war dieses offene Lächeln, das Kleinkinder haben, die noch nicht Leid und Bedürftigkeit kennen gelernt haben. Sie erzählte, dass sie im nordgriechischen Florina geboren ist. Ihr

Vater war erster Sekretär des Präfekten. Sie hatte drei Schwestern und einen Bruder, der jedoch im Koreakrieg umgekommen war. Sie sei so froh, dass ihr späterer Mann Thassos nicht dem Ruf der Geier gefolgt und nicht nach Asien in den Krieg gezogen war. Thassos und sie heirateten an einem ersten Mai, und das war ihr schönster Tag neben den zwei Geburtstagen ihrer Söhne Michalis und Kostas. Thassos war ein guter und lieber Mann, betonte sie. Er hatte beim Aristoteles- Platz ein kleines Fotogeschäft und man hatte auch Brautmode in den Räumen. Weil damals diejenigen, die Brautkleider vermieteten, auch für die Fotoarbeiten engagiert wurden, war es eine erfolgreiche Geschäftsidee. Ihr Thassos, berichtete sie, sei sehr fleißig gewesen und an den Samstagen, an denen er nicht hatte arbeiten müssen, fuhren sie außerhalb der Stadt zu den Musikhallen und man hatte alle Größen wie Gounaris, über Mpithikotsis, Manolis Hiotis und auch Zambetas gehört. Jeden ersten Mai hätte dann Thassos Zembeikiko getanzt und dabei gleich drei Dutzend Teller zerschlagen. „Das waren wilde Zeiten", sagte sie, „aber es war eine wunderbare Zeit, wobei wir uns nicht ins politischen Leben einmischten. Wir sahen Karamanlis und Papandreou, wir sahen die Junta kommen, den Putsch von König Konstantin, haben Ritsos gelesen und Theodorakis gehört, obwohl sie verboten waren. Wir waren für uns da und unsere zwei Söhne. Kostas, unser Jüngster, hatte sehr früh Erfahrungen mit Rauschgift gesammelt und geriet in eine Clique, die nicht gut für ihn war. Mein Thassos ist in jenem Jahr gestorben, plötzlich hat der Herrgott ihn zu sich gerufen. Die Kinder waren noch zu jung und nicht erfahren genug, und wir haben uns da von einem Cousin meines Mannes, was die Führung des Fotogeschäfts anging, übers Ohr hauen lassen. Alles, was wir bis dahin auf den Geschäftskonten hatten, war plötzlich nicht mehr da und Gerasimos,

so hieß er, ging nach Kreta, wo er jedoch drei Jahre
später starb. Gott sei seiner Seele gnädig.
Kaum war er fort, mussten wir 12 Millionen
Drachmen an Steuer nachzahlen. Mein Thassos war
immer sehr gerissen, aber nach seinem Tod war
alles nicht mehr so wie früher. Um das Geschäft zu
halten, haben wir einen Kredit aufnehmen müssen.
Das war gar nicht so schwer und vor lauter Übermut
meinte Michalis, er könnte den Laden komplett
modernisieren und kaufte zwei supermoderne
Entwicklungsautomaten für weitere fünfundvierzig
Millionen. Am Anfang lief alles sehr gut. Michalis
hatte jedes Wochenende Aufträge und ich hatte
noch die Kraft, den ganzen Tag im Laden zu stehen.
Mein jüngster Sohn Kostas war, nachdem er drei
Monate aus dem Gefängnis entlassen worden war,
wieder eingesperrt worden. Diesmal bekam er eine
Gefängnisstrafe von sieben Jahren.
Einige Monate später klopfte es bei uns an der Tür.
Eine sehr junge Frau, keine zwanzig, mit einem
Baby auf dem Arm schob mir das Menschenbündel
in die Arme, sagte lediglich: „Das ist der kleine
Thassos, Dein Sohn Kostas ist der Vater", und
verschwand. Völlig perplex wusste ich gar nicht, was
mir geschah. Das Bündel in meinen Armen regte
sich und ich erkannte sofort, dass es mein
Enkelsohn sein musste. Das Baby hatte unter dem
linken Auge dasselbe Muttermal wie sein seliger
Großvater. Auf einmal war ich wieder zur Mutter
eines Kleinkinds geworden. Die Einnahmen ließen
massiv nach. Stundenweise konnte ich nicht ins
Geschäft gehen, da ich mich um den kleinen
Thassos habe kümmern müssen, und die Bank-
drohungen wurden immer lauter und furcht-
erregender. Eines Tages, Michalis hatte mich dazu
überredet, war ich drei Tage nicht ins Geschäft
gegangen, um mich um das Baby zu kümmern, das
schwer erkältet war. Am darauffolgenden Tag traf
mich der Schlag. Die zwei nagelneuen Entwicklungsautomaten waren nicht mehr da. An deren Stelle

standen wie von Zauberhand wieder unsere alten Maschinen, die Michalis seinerzeit für den Altmetallwert verscherbelt hatte. Als ich ihn mehrmals fragte, wo die neuen Maschinen seien, hat er mir eine schallende Ohrfeige verpasst. Niemals im Leben, weder von meinem Vater, noch von meinem Mann, bin ich geschlagen worden. Ich musste sechzig Jahre alt werden, um von meinem Erstgeborenen eine geknallt zu bekommen. Fünf Tage habe ich Michalis nicht gesehen. Am sechsten Tag kam er mit einem Tapsi* Baklava und einer Einladungskarte. Er lud mich zu seiner standes-amtlichen Trauung ein. „Swetlana und ich wollen Deinen Segen", sagte er, legte die Süßigkeiten und die Karte auf den Beistelltisch und ging. Die Hochzeit war für den darauffolgenden Freitag angesetzt. Inzwischen hatte ich eine Rente von 450 Euro zugesprochen bekommen. Das Geschäft und alles, was sich darin befand, wurde von der Bank versteigert. Wir mussten danach noch einen Schuldschein von weit über 35 000 Euro unterschreiben. Von meiner Rente wurden monatlich 150 Euro für die Bank einbehalten. Weitere fünfzig Euro legte ich für Kostas beiseite, damit er sich im Gefängnis Zigaretten kaufen und sich ab und zu was Süßes erlauben konnte. Für mich sind damals 150 Euro übrig geblieben, wobei das meiste Geld der kleine Thassos benötigt hat. Die Frau von Michalis kam aus der Ukraine. Sie hatte aus einer früheren Beziehung zwei Kinder, die sie mit Geld unterstützte. Sie putzte in einem Krankenhaus halbtags und ab und zu ging ich auch dahin, wenn ich es ermöglichen konnte, um etwas Trinkgeld dazu zu verdienen. Es kam immer der zwanzigste des Monats und ich wusste nicht, wie ich zu etwas Essen für den Kleinen kommen sollte. Michalis selber fand, seit er die Bankbürgschaft unterschrieben hatte, keine Arbeit. Ich weiß es noch heute, es war der siebzehnte November. Mein Kostas ist sechs Monate vor der Vollendung der sieben Jahre seiner Strafe entlassen worden und der kleine Thassos sollte eingeschult werden. Kostas organisierte eine Vespa, die von einem aus seiner alten Clique frisiert worden war. Der Roller durfte nur 25 Stunden-kilometer fahren, die Polizei sagte später, dass es weit über fünfzig Stundenkilometer waren, als mein Kosta auf nasser Strasse ausgerutscht war und seinen Verletzungen eine Querstraße von der Schule entfernt erlag. Der kleine Thassos war so stolz, dass sein Vater „extra aus Amerika" zu seiner Ein-schulung gekommen war, aber sein Vater erreichte um dreißig Meter diese Schule nicht.

Die Beerdigung konnte ich nicht bezahlen.

Inzwischen hatte ich erfahren, wer die Mutter meines Enkels war. Als ich mich dorthin auf den Weg machte, fand ich lediglich ihren Vater Minas vor. Seine Tochter sei vor vier Jahren an einer Überdosis Kokain verstorben. Der alte Minas war sehr glücklich, seinen Enkel kennengelernt zu haben. Er hatte nichts von seiner Existenz gewusst. Annalena, seine Tochter, war eine Zeitlang spurlos verschwunden gewesen.

Minas hat mir ausgeholfen und mich gefragt, ob ich den kleinen Thassos nicht bei ihm lassen wollte. Seine zweite Tochter Sophia hätte auch zwei Kinder, sie wohnen alle zusammen und für Thassos wäre es auch das Beste. Drei Wochen später willigte ich schweren Herzens ein, da ich im wahrsten Sinne des Wortes das Kind nicht mehr ernähren konnte. Zwar half mir Minas mit kleinen Spenden, aber auf die Dauer gesehen war die Entscheidung für Thassos ideal, weil er dort mit anderen Kindern in einem geordneten Umfeld aufwachsen konnte.

Im Hotel Phyros fand ich dank der Tochter einer Schulfreundin eine Aushilfsstelle in der Näherei. Meine Augen waren noch gut genug. Aber die Kraft in meinen Armen war nicht mehr da. Kopfkissen waren nicht das Problem, aber sobald Bettlaken einer Reparatur bedurften, konnte ich diese großen Stoffe nicht richtig anfassen.

Inzwischen war es Michalis wieder eingefallen, dass er eine Mutter hatte. Zunächst besuchte er mich, um Zigaretten abzustauben, später beklaute er mich ohne Scham und Skrupel. Aber er ist der Einzige, der mir neben Thassos noch geblieben ist. Sophia war für den kleinen Thassos eine richtige Mutter geworden. Sie liebte und hegte ihn wie ihre eigenen Kinder. Dann traf sie das Schicksal und sie brach sich an dem Tag ihre Kniescheibe und musste für drei Wochen in die Klinik, an dem ihr Mann sie und die Kinder verließ. Die Krankenhauskosten fraßen alles, was sich Minas angespart hatte, auf. Ihm blieb nur noch das kleine Häuschen. So entschloss ich mich, meine kleine Wohnung, in der ich über vierzig Jahre gewohnt hatte, zu verlassen und zog zu Minas, Sophia und den Kindern. Minas, der sein Leben lang auf verschiedenen Schiffen diente, bekam lediglich eine Rente von 200 Euro. Mit meinen übrigen 200 Euro hatten wir eine Summe zur Verfügung, die uns zwar keine Restaurantbesuche ermöglichte, aber wir hatten was zum Essen, sei es auch nur einen Teller Suppe.

Warum ich den lieben Gott so verärgert habe, weiß ich nicht. An einem Mittag kam Michalis mit seiner ukrainischen Frau und legte mir Papiere vor, die ich unterschreiben sollte. Als ich Michalis fragte, was das für Papiere wären, meinte er, dass diese Papiere erklärten, dass wir aus dem Erlös der seinerzeit neuen Entwicklungsmaschinen keine Gelder entzogen hatten, sondern dass diese direkt zur Tilgung der Schulden an die Bank geflossen wären. Tatsache jedoch war, dass Michalis unter der Hand die Maschinen veräußert und von dem Geld einen nagelneuen Opel Corsa gekauft hatte. Das Auto wäre ein Glücksgriff, sagte er, und es wäre sehr wichtig für seinen Job. Er verkaufte zurzeit Wasserfilter von einem holländischen Hersteller. Der Importeur war in Athen und er, Michalis hatte sich verpflichtet, eine bestimmte Anzahl von Filtern abzunehmen. Die Filter kaufte Michalis für 300 Euro ein und verkaufte sie um knapp über 500 Euro. Der Erfolg hielt sich jedoch sehr in Grenzen. Was er mir und seiner Frau verschwiegen hatte, war, dass die Papiere, die ich unterschrieb, die Tilgungs-Raten für dieses Auto waren."

Der alten Frau flossen die Tränen wie ein Bergbach. Als meine Frau ihr ganz vorsichtig die Hand um die Schulter legte, erlangte sie wieder die Stärke, die sie mit ihren siebenundsiebzig Jahren ausstrahlte.

„Ich will nicht betteln, meine Kinder" sagte sie, „ich nehme nur das, was man sowieso in den Müll oder den Hunden vorwirft".

Inzwischen hatten wir eine zweite Karaffe Hauswein getrunken und trotzdem waren wir durch die Erzählung dieser Frau hellwach. Sie beendete ihre Geschichte damit, dass die Kinder längst aus dem Haus sind, aber weder Minas noch sie Geld von ihnen annehmen.

„Darf ich Dir ein Geschenk machen?" fragte ich sehr vorsichtig und mit allem Respekt dieser starken Frau gegenüber.

Sie schaute mir tief in die Augen, wechselte ihre Blickrichtung und schaute meiner Frau in die Augen und sagte: „Ja, ich habe einen Wunsch, und dieser lautet, dass ihr immer füreinander da seid, was auch geschehen mag."

Sie stand daraufhin auf und als ich mich beugte, ihre Hand zu küssen, zog sie diese weg.

„ Na agapieste „ sagte sie im Weggehen noch einmal. „Na agapieste".

Griechische Begriffe:

An ine i agapi amartia
Wörtlich: Wenn die Liebe Sünde wäre

Sie haben nicht das Recht,
mir von dir zu erzählen
mir meine Brust zu verbrennen
Das ich wie ein Verrückter dich suche
das es so schmerzt und ich mich nach dir sehne
Wenn die Liebe ein Sünde ist,
werde ich hinaus gehen um es mit Macht zu
schreien.
Ich werde raus gehen um es zu rufen um es zu
sagen,
dass ich eine Sünderin bin, weil ich dich liebe
Ich werde raus gehen um es zu rufen um es zu
sagen,
dass ich eine Sünderin bin, weil ich dich liebe
Sie haben nicht das Recht,
mich zu verachten
sobald sie mich mit dir sehen
sollen sie sagen, dass ich eine Sünderin bin
wo ich schmelze mit deinem Kuss
Original Text: Ilias Limberopoulos

Aponi Zoi
Wörtlich: Unbarmherziges Leben

Unbarmherziges Leben, du hast uns
an den Straßenrand geworfen
du hast uns ungerecht behandelt
Nie hast Du versucht
die Tränen zu vertreiben
hast uns nur gejagt.
Vom leben gezeichnet, arm geboren
im Herzen verbittert, voller Sorgen
Unbarmherziges Leben, wir wollten nicht,
dass du uns Paläste und Sterne schenkst

Einen Bissen Brot hättest du uns,
verwaisten Tauben, gönnen können
Der Nordwind hat uns geschlagen,
der Regen hat uns das Blut
des Herzens getrunken,
weil wir arm sind
Original text: Lefteris Papadopoulos

Frappé

Der Legende nach wurde im September 1957 auf
der Internationalen Messe in Thessaloniki der
Frappé erfunden. Angeblich soll kein heißes Wasser
zur Verfügung gestanden haben. So packte ein
Mitarbeiter eines Messestandes einen Shaker, füllte
ihn mit Instant-Kaffee und ein wenig kaltem Wasser
und schüttelte ihn kräftig. Ohne Beachtung des
Schaums erzielte der Mitarbeiter zwei Ergebnisse:
Das erste Ergebnis war die Färbung seines
Business-Anzugs, das zweite die Erfindung des
schäumenden Gebräues, das so etwas wie das
nationale Erfrischungsgetränk von Griechenland
geworden ist.

Gigantes

Eine klassische Vorspeise in Griechenland sind
diese weißen Riesenbohnen (Gigantes) aus dem
Ofen. Die besten Bohnen kommen aus dem Norden
des Landes, aus Mazedonien und Epirus. Wie es
sich für ein klassisches Gericht gehört, gibt es
unzählige Varianten. Das Grundrezept ist immer
gleich: weiße Bohnen werden in Tomatensauce mit
Zwiebeln, Olivenöl und Petersilie gegart und
anschließend im Ofen gebacken.

Chronia polla

Chronia polla heißt so viel wie „herzlichen
Glückwunsch", wird oft an Geburtstagen und allen
mir bekannten Feiertagen gesagt. Ist ein anderes
Wort für Glückwunsch.

I andres den miloun poli
Wörtlich: Männer reden nicht viel

Männer reden nicht viel
Weil ich dir nicht die Sterne verspreche,
sagst du ich würde dich nicht beachten
Und weil ich meine Wörter bedenke
Sagst du ich würde dich nicht liebe

Die Männer reden halt nicht viel, merke es dir
Und wenn es um Ihre Liebe geht
zeigen sie es mit Taten.
Verlange nicht, mich mit Schwüre und Versprechen
irgendwie gefügig zu machen
Erwarte nicht, dass ich dir nach jedem Wort
Komplimente machen.
Männer reden halt nicht viel
Original Text: Giorgios Giannopoulos

Kafenion
Kafenion ist die Bezeichnung für das traditionelle griechische Kaffeehaus.
Üblicherweise angebotene Getränke sind Griechischer Kaffee und der mittlerweile zum Kult avancierte Frappé, Bier, Retsina, Ouzo oder Tsipouro. Als Speisen werden nur einfache Mezedes angeboten, ohne besondere Vorbereitung vom Laden, also wie sie im Handel erhältlich sind. Dazu darf ein Kafenion nach den gesetzlichen Bestimmungen auch noch gebratene und gekochte Wurst, Käse und Tintenfisch anbieten. Bei einer erweiterten Küche handelt es sich nicht mehr um ein Kafenion sondern um eine Ouzeri.
In der Regel handelt es sich bei den Kafenia um Familienbetriebe. Die Einrichtung ist meist karg und beschränkt sich auf bastbezogene griechische Holzstühle und kleine Holz- oder Metalltische; die Wände sind oft weiß gekalkt.
Kafenia dienen in Dörfern und Stadtbezirken als soziale Mittelpunkte, in denen man sich nach der

Arbeit auf ein Gespräch, ein Karten- oder ein Tavlispiel (Backgammon) trifft. Ihre zentrale Rolle wird daraus ersichtlich, dass sie noch in den letzten Jahrzehnten des 20. Jahrhunderts meist der einzige Standort eines Telefons im Dorf oder Bezirk waren, von dem aus die Angerufenen oft per Megaphon ausgerufen wurden.
Ursprünglich war das Kafenion Männern vorbehalten, Frauen wurden dort nicht gerne gesehen. Auch heute hält sich tagsüber zumeist nur die ältere männliche Bevölkerung eines Ortes im Kafenion auf.
(aus: www.wikipedia.de)

Kaimos
Wörtlich: Kummer, Schmerz

Groß ist der Strand, die Welle ist weit,
groß ist der Schmerz, und bitter die Sünde.
Ein Fluss in mir, bitter das Blut deiner Wunde.
Und bitterer als das Blut ist dein Kuss auf den Mund.
Du weißt nicht, was Kälte ist, Nächte ohne Mond.
Magst du nie den Moment erleben, wo der Schmerz
dich ergreift.
Original : Dimitris Hristodoulou

Kokoretsi
Kokoretsi ist eine Spezialität und besteht aus klein geschnittenen Lammdärmen. Nach sorgfältiger Reinigung werden die Därme spulenartig auf Spieße gewickelt. Der Kern einer solchen „Darmrolle" besteht aus Lammfett, um eine Austrocknung der Speise beim Grillen zu verhindern.

Kefalotiri

Kefalotiri, "Kopfkäse", ist eine Sorte griechischen Hartkäses mit salzigem und leicht süßem Geschmack.

Kefalotiri wird aus der frischen Milch von Schafen und Ziegen - getrennt oder auch gemischt - hergestellt. Für gegrillte oder gebratene Speisen ist dieser Käse ideal, da er nicht zu schnell schmilzt.

Kefalotiri stammt ursprünglich von der Insel Kefalonia und ist vergleichbar mit dem italienischen Pecorino. Heute ist er fester Bestandteil der griechischen Küche und wird (neben Feta) zur Herstellung der Vorspeise Saganaki verwendet.

Kolokotronis

Theodoros Kolokotronis; * 5. April 1770 in Karitena (Gortynia/ Griechenland); † 5. Februar 1843 in Athen, war ein griechischer Freiheitskämpfer, Partisanenführer und Generalfeldmarschall in der Revolution von 1821.

Schon in seiner Jugend durchzog er den Peloponnes als Bandenführer. Als er 1806 von den Türken verfolgt wurde und nach Zakynthos flüchten musste, trat er auf den unter britischer Verwaltung stehenden Ionischen Inseln in den Kriegsdienst ein und wurde später Major eines dort errichteten griechischen Regiments. Seit 1821 galt K. als einer der Hauptanführer der Griechen.

Kyrie Eleison

Kyrie Eléison („Herr, erbarme Dich") war in vorchristlicher Zeit ein gebräuchlicher Huldigungsruf für Götter und Herrscher. Die Juden der griechischsprachigen Diaspora hatten den Kyrios-Titel auf den Gott Israels bezogen, welcher im frühen Christentum zur zentralen Hoheitsbezeichnung Jesu wurde.

Mit den Worten Kýrie, eléison! Christé, eléison! Kýrie, eléison! begrüßen Christen seit den Anfängen des Christentums Jesus in ihrer Mitte.

Bei diesen Anrufungen handelt es sich nicht um Fürbitten, sondern um Lobpreis. Jesus Christus wird für seine Heilstaten gepriesen. Gleichzeitig stellt das Kýrie einen Bittruf um Gottes Erbarmen dar.

Lambada

ist eine Kerze. Das Wachs symbolisiert die Reinheit und Unschuld des Menschen, es ist als ein Zeichen unserer Umkehr für unsere Hartnäckigkeit und unseren Eigensinn zu verstehen. Die Weichheit und Geschmeidigkeit des Wachses symbolisiert unsere Bereitschaft, Gott zu gehorchen. Die Flamme der Kerze zeigt die Wärme der Liebe zu Gott.
Die Kirchenväter erheben den Finger und mahnen, dass nicht allein die Kerze, sondern das Gebet, die brennende Glut eines Herzens Gott viel mehr schätzt. Unser spirituelles Leben kann nicht mit dem Aufstellen einer Kerze begrenzt werden. Eine Kerze ist voll symbolischer Bedeutung.

Mezedes

Mit Mezedes werden die Vorspeisen bezeichnet, die ursprünglich für die arabische Küche charakteristisch waren. Mezedes vereint eine Vielzahl von Vorspeisen, die vorwiegend vegetarischen Ursprungs sind. Die deutsche Übersetzung „Appetithäppchen" deckt nicht die ganze Bedeutung des Wortes ab, denn die zu Getränken im Kafenion gereichten Mezedes dienen nicht der Appetitanregung – es gibt dort gar keine Hauptspeisen –, sondern sind als ursprüngliche Geste der Gastfreundschaft zu verstehen.

Na agapieste
= Habt Euch lieb

Na sou po
Lass es Dir sagen
Lass mich mal erklären
ich möchte es Dir begründen

Ola eine ena psema
Wörtlich: Alles ist eine Lüge

Das ist mein letzter Abend heute
Und allen die mich verletzt haben
verzeihe ich jetzt
da ich aus dem Leben scheide.
Alles ist nur eine Lüge
Ein Atemhauch, ein Wimperschlag
Wir werden wie Blumen
Aus dem Leben gerissen
Dort wo es mich verschlägt
Gibt es keine Tränen und Schmerz
Alle bleibt hier zurück
Dort wo das Leben existiert.
Zwei Türen bestimmen dein Leben
Eine fand ich sehr früh und kam hinein
Und kaum ist die Morgendämmerung da
Verlasse ich es durch die andere
Alles ist nur eine Lüge
Ein Atemhauch, ein Wimpernschlag
Wir werden wie Blumen
Aus dem Leben gerissen

Ouzeri
Ouzeri ist in Griechenland ein kleines Restaurant, in
dem Spirituosen, begleitet von einer Vielzahl von
heißen oder kalten Mezedes, angeboten werden.

Man findet Ouzerien in fast allen Städten und Dörfern. Im Unterschied zum traditionellen Kafenion werden die Gerichte im Laden vor- oder zubereitet. Dazu gehören auch Fleisch und Fischgerichte, die im Kafenion nicht angeboten werden.

(aus: www.wikipedia.de)

Panagia

Panagia, „Die Allheilige", ist in der griechisch-orthodoxen Liturgie eine sehr häufige Bezeichnung der Jungfrau Maria.

Die Verehrung der Panagia ist in Griechenland weit verbreitet. Während bei Frauen der Name Maria sehr häufig ist, tragen viele Männer den sinngleichen Vornamen Panagiotis.

Pavlos Kountouriotis

Die moderne griechische Geschichte auf der Insel Thassos beginnt mit der Revolution des Jahres 1821. Die Türken waren in einer Schlacht von Potos geschlagen und zogen sich zurück nach Kavala.

Der Führer der revolutionären Bewegung war Hatzigiorgis Metaxas, der während der griechischen Revolution Thassos half.

Hilmi Passa übernahm von Mehmet Ali die Position des Vizekönigs von Ägypten und setzte die türkische Verfassung für Thassos in Kraft.

Thassos wurde dann von der griechischen Armee und der Flotte des Admirals Pavlos Kountouriotis befreit. Ein Jahr später war die Insel offiziell in den griechischen Staat integriert.

Platia

Platia war die Bezeichnung für eine Hauptstraße in einer antiken griechischen Stadt, insbesondere eine repräsentativ ausgebaute Straße, die etwa von Säulenhallen gesäumt war. Die Bezeichnung findet sich in den Inschriften zahlreicher Städte, vor allem in Kleinasien.

Proxenia

Heute lernen sich fast alle Paare wie in ganz Europa selber kennen. Früher wurde das Paar von Bekannten oder Verwandten verkuppelt, die sogenannte Proxeniá. Man stelle sich aber nicht eine moderne Heiratsagentur mit einer Kartei, Videos und Internet vor, sondern eine ältere Frau (Proxenítra) oder Mann (Proxenitís) aus dem gemeinsamen Bekanntenkreis.

Meistens ging die Prozedur vom potenziellen Bräutigam oder gar seiner Familie aus.

Wenn er sich in eine Frau verguckt hatte, wurde erst mal mit der Familie gesprochen und dann eine ganze verschworene Maschinerie in Gang gesetzt, ob die Frau auch seiner "würdig" ist.

Da wurde als erstes der Ruf der Familie geprüft. Ist sie aus einer guten Familie? Wie ist die übrige Sippe, Großeltern usw.

Ist die Frau hübsch und vor allem fleißig? Sogar ob die Familie mehr Töchter oder Söhne zur Welt brachte wurde in Betracht gezogen.

Noch heute wird man nach einer Geburt von einigen Alten gefragt:

"Was habt Ihr bekommen, ein Kind oder eine Tochter?". Soviel auch zum Stellenwert der Frauen.

Nächster und oft nicht minderwertiger Checkpunkt waren die Finanzen und damit ist die Mitgift gemeint. Es war so, dass die Töchter, je nach finanzieller Situation, nur eine einmalige Mitgift bekamen: Kleidung. Geld, evtl. Grundstücke und der Rest des Eigentums ging dann an den oder die Söhne. Diese Príka war aber oft nicht zu verachten, je nachdem wie gut die Eltern der Braut begütert waren. Durch eine kräftige "Prikaspritze" sind schon einige zu gemachten Männern geworden.

Die Príka wurde übrigens in den 90er Jahren rückwirkend per Gesetz abgeschafft, was eine Welle an Gerichtsverhandlungen zwischen Geschwistern führte. Sogar alte Omas kämpfen heute noch um einen größeren Anteil vom Erbe der Brüder. War die Frau würdig, wurde eine Kupplerin oder ein Kuppler zur Familie der Frau gesandt, um die Heiratsofferte zu überbringen. Der Kuppler lobte natürlich den Bräutigam und seine Familie mit den besten Worten und argumentierte über die positiven Seiten einer Heirat der beiden. Sobald der Kuppler aus der Tür war, ging dieselbe Maschinerie jetzt von seiten der Sippschaft der Auserwählten los. (Quelle: www.Thassos.net)

Retsina Malamatina
ein Klassiker griechischer Trinkkultur und der im Ausland bekannteste Wein der Hellenen. Ein Original, das keine großen Ansprüche stellt und nicht nur gut zu deftigen Gerichten der griechischen Küche passt, sondern sie auch bekömmlicher macht. Ein idealer geharzter Weißwein zu Lamm- und Rindfleisch, Fisch, Geflügel.

Revani
Griechischer Grießkuchen.
125 g Mehl / 140 g Grieß, (Hartweizen)
3 TL Backpulver / 200 g Butter, weich
375 g Zucker / 6 Ei(er)
1 Pck. Vanillezucker oder 1/4 TL Vanillemark
1 Prise Salz / ⅛ Liter Orangensaft
1   Orange unbehandelt / 125 ml Wasser

Das Mehl mit dem Backpulver in eine Schüssel sieben und den Grieß mit der Prise Salz untermengen. Die Eier trennen, das Eiweiß steif schlagen. Nun in einer 2. Schüssel die Butter, das Eigelb, Vanillezucker und 1/3 des Zuckers schaumig rühren. Die Grieß-/Mehlmischung nun abwechselnd mit dem Eischnee untermischen. Dann den

Orangensaft und die abgeriebene Orangenschale unterrühren.
Eine Springform mit 28 cm Durchmesser fetten, den Teig einfüllen und ca. 50 - 60 min. im vorgeheizten Backofen bei 175° backen.
Zwischenzeitlich den restlichen Zucker mit 1/8 Liter Wasser und dem Zitronensaft gut durchkochen und den fertigen Kuchen damit tränken.
Arbeitszeit: ca. 20 Min.

Soutzoukakia

Soutzoukakia sind griechische Hackfleischwürstchen vorwiegend vom Schwein, neuerdings aber auch von Kalb, Rind, Lamm oder Geflügel, gelegentlich auch gemischt. Die gewürzte Hackmasse wird zu Würstchen ausgeformt, meliert und zunächst in einer Pfanne mit Olivenöl angebraten und anschließend in einer pikant gewürzten Tomatensoße aus frischen, fein gewürfelten Tomaten zu Ende gegart. Die griechische Gewürzmischung Bachari, basierend auf Pfeffer, Kreuzkümmel, Muskat, Zimt und Nelke, dominiert geschmacklich.

Tapsi Baklava

Ein Backblech mit Baklava

Baklava und ähnliche Süßigkeiten gehören im gesamten Nahen Osten und auf der Balkanhalbinsel zum traditionellen Gebäck, auch wenn in vielen Ländern die eigene Version als die ursprüngliche gilt. Die Armenier meinen, dass ihr Baklava bis auf das 10. Jahrhundert zurückgehe und sie somit die Schöpfer der ursprünglichen Variante seien. Das Wort würde sich demnach von bakh, dem armenischen Wort für Fastenzeit und von Halva ableiten, das in einigen Sprachen für „süß" steht. Während der byzantinischen Ära ergänzten

Armenier das Rezept mit Zimt und Gewürznelke, Araber später mit Rosenwasser und Kardamom. Eine weitere These besagt, dass die Assyrer schon im 8. Jahrhundert v. Chr. Baklava gebacken haben und griechische Kaufleute diese nach Griechenland brachten, wo auch die Griechen mit einer Technik für hauchdünnen Teig einen Anteil haben. Die griechischen Byzantinisten Spiros Vyronis und Phaidos Koukoules wollen in den Deipnosophistai des Athenaios aus dem 2. Jahrhundert v. Chr. die Beschreibung einer als Baklava-Vorläufers anzusehenden geschichteten Süßspeise namens Gastrin ausgemacht haben.[1]

Verbreitete Thesen nehmen einen Ursprung im Spätmittelalter in Persien oder Kleinasien an. Im Kochbuch des Muhammad bin Hasan al-Baghdadi aus dem Jahr 1226 wird eine Süßspeise namens Lauzinaq aufgeführt, die aus von Teig umhüllter Mandelmasse besteht und mit Sirup übergossen wird, also dem Baklava sehr ähnlich ist. Die heute bekannte Variante mit mehreren Schichten aus sehr dünnem Filo-Teig ist wahrscheinlich nach dem 16. Jahrhundert im Topkapı-Palast erfunden worden
(aus: www.wikipedia.de)

Ti Eine afto pou to lene agapi
Wörtlich: Was ist das was man Liebe nennt

Was ist das was man Liebe nennt
Was ist das, was ist das?
Das unsere Herzen lenkt
Und der der´s fühlt sich danach sehnt
Was ist das was man Liebe nennt
Was ist das, was ist das?
Lachen, Träne, Sonnenschein, Regen
Der Beginn und das Ende unseres Lebens
Was ist das was man Liebe nennt

Was ist das, was ist das?
Das dich im Rhythmus sagen lässt:
ich liebe dich, ich liebe Dich, ich liebe Dich.
Originaltext : Tonis Maroudas

Tsipouro

Tsipouro ist ein traditioneller griechischer
Tresterbrand aus der Region Makedonien. Tsipouro
wird aus den Pressrückständen verschiedener
weißer Rebsorten wie Roditis, Athiri und Assyrtiko
zweimal (zuweilen dreimal) destilliert. Nach der
ersten Destillation wird er manchmal auch mit Anis
aromatisiert. Auf der Mittelmeerinsel Kreta nennt
man diese Spirituose Tsikoudia oder häufiger Rakí.

Xanthippe

Xanthippe war die Ehefrau des Philosophen
Sokrates, die als Inbegriff des zänkischen Weibes in
die europäische Literatur eingegangen ist. Ihr Name
wird oft sprichwörtlich gebraucht und steht dann für
eine übellaunige, streitsüchtige Frau, häufig auf die
partnerschaftliche Beziehung bezogen.

Bisher erschienen:

Jetzt und immer
Verpasste Augenblicke
Ein Übersprungener Tag

Träume töten ohne Warnung
Die Gesellschaft Deiner Seele
Ein Lächeln das Dir wieder Leben einflößt